这是我和小姨最后一次合影，两个月后，与病痛共存两年多的她先走一步，终究没有等到《喜色鱼行》正式出版。她生前常说“完美是毒，缺陷是福”；所以，即便有遗憾，她大约也会微笑着接受。我怀念那些天不亮就爬起来写稿子的日子……小姨说“每次治疗特别难受的时候，看到你的文字，就会舒服一些”。我想让她舒服一些……不想，连同一些旧文，竟然集结成书。这本书，对于别人也许没有半点儿意义，但它是我写给小姨的情书，她收到就好。

喜邑魚行

郭莉／著

西南師範大學出版社
国家一级出版社　全国百佳图书出版单位

图书在版编目（CIP）数据

喜色鱼行 / 郭莉著. — 重庆 ： 西南师范大学出版社，2017.7

ISBN 978-7-5621-8884-1

Ⅰ. ①喜… Ⅱ. ①郭… Ⅲ. ①散文集—中国—当代 Ⅳ. ①I267

中国版本图书馆CIP数据核字(2017)第184180号

重庆市渝中区宣传文化专项资金资助项目

喜色鱼行

XI SE YU XING

郭莉 著

责任编辑： 吕 杭 曹园妹

装帧设计： 尚品视觉 CASTALY 周 娟 刘 玲 李 扬

书名题签： 黄建华

出版发行： 西南师范大学出版社

地址：重庆市北碚区天生路2号

邮编：400715

印　　刷： 重庆紫石东南印务有限公司

开　　本： 889mm×1194mm 1/32

印　　张： 7

插　　页： 2

字　　数： 116千

版　　次： 2017年7月第1版

印　　次： 2017年7月第1次印刷

书　　号： ISBN 978-7-5621-8884-1

定　　价： 28.00元

代序

你是一粒种子，也是一棵成长树

李成琳

这是你的第一本书。

我很乐意在这本书里留下一点儿痕迹。

我 19 岁那年，你以我们家“长外孙女”的身份降临人间，带给整个家族莫大的欢喜，我是你的小姨。当时我正在外地读大学，我从并不宽裕的生活费里抽出钱来，给你买了一套红黄蓝三原色的棉衫寄回重庆。待我收到你的百日照，看到那多彩的棉衫正衬着你灿烂的笑靥，那是我与你多彩缘分的起始和定格。

我在异地求学、执教数年，待我调回重庆时，你已长成五六岁的小姑娘了，文静、乖巧，留着一头同龄孩子少有的长发。记得某年夏天，我自作主张剪短了你又浓又厚的长发，你爸为此耿耿于怀多年，而你无辜的安静，让我在振振有词的同时也为自己的莽撞失悔。

可你并未记住我的莽撞，你记得的是你8岁的时候我买给你的红色日记本，记得我怎么一字一句教你写下人生的第一篇日记，记得我送给你的书，记得你11岁时我把你带进山城文学少年讲习所，记得你在那里发表的作文以及领取的第一笔稿费，记得我带你参加文学夏令营，坐火车去北京，在美妙的胡同里见到了诗人臧克家爷爷……

我在忙忙碌碌里早已淡忘的记忆，你却点点滴滴写了那么多在你的文字里，让我穿过岁月的烟尘，泪眼朦胧地看到那些久远的过往和美好。

随性地读，散漫地写，你一天天长大。记得某年春节前你写过一篇作文《向自己索求》，你在文中说，以往过年都习惯向大人要这要那，但不知不觉间，你已开始学会向自己索求，“索求在困难中再坚持一下的毅力，在学习中力争上游的热情，也索求正直、谦让的品格……”刚刚进入高中的你，一直以为“乳臭未干”的你，因为“向自己索求”的心性和自觉，让我颇为欣喜。

而让我记忆犹新的我们相对“密集”的互动，是你考上大学之后。因为填报志愿的失误，你就读的大学并非你理想中的大学，但你有着“火眼金睛”的父亲为你选择了一个理想的大学寝室，同屋的室友皆沉静好学之人，让你在一个并不理想的大学度过了 4 年“理想”的大学生活。

而这“理想”之中，自然也包括我们之间的“互动”。当时我正好从学校出来主持一本综合新闻月刊的编辑部工作，新刊起航，人员不足，稿件不足，尤其差一线鲜活的话题类稿件。我便约请了数位如你一般有文字功底的在读大学生，每月布置同样的讨论话题给你们，你们负责采访、记录和整理，再交回编辑部进行综合编辑。你很快脱颖而出，从开始的战战兢兢到后来的如鱼得水，从开始的部分执笔到后来的独立完成，“广场茶座”的选题访谈基本固定在你和另一位女生笔下。

现在查看当年的杂志，才发现你写了那么多，仅“广场茶座”栏目的访谈，结合新近发生的新闻事件展开讨论就有数篇：《网络时代与公民意识》《为何把持不住自己？》《运动意味着什么？》《为何去兼职？》《为啥要挣高学历？》《教育消费——爱你不容易》《假日生活怎么过？》……此外，你还不定期地参与了刊物头条策划的稿件采写，关于“公民自律”的主题策划，你写下了《你愿意做“可爱”的人吗？》；关于“下岗工人”的主题策划，你写下了《风雨中的人生》；关于“诚信”的主题策划，你写下了《是正常，还是不正常？》；关于“妇女节”的主题策划，你写下了《花有几样红》……连续数年，你都凭借自己一篇篇扎实的访谈和报道，获得“优秀作者”的奖励，有些稿件，还被评为刊物的年度好稿。

而我更看重的，是你在这个过程里的成长。你学的是英语专业，每次拿到选题后，你会尽量扩宽自己的采访范围，在采访陌生人的同时，你也利用自己的专业优势，去采访本校或外校的外教。记得有一期策划的题目是“我有几‘本’闯世界”，讨论的是文凭及证书的话题，是你特地去采访了两位来自英国和美国的外教，让这个话题的讨论有了更开阔的延展，而这个过程，不单考验你的应对能力，提升你的语言能力，也让你尝到“向自己索求”的乐趣和价值。

除了新闻稿件，你还写下了我很喜欢的《城外的近邻》等散文，笔触细腻、温婉，直抵人心，让我看到你“新闻脑”包裹下的“文学心”。

或许正因为这一切的努力，大学毕业后你顺利进入《新女报》传媒，记者、编辑，皆做得顺风顺水。正当我以为你从此在媒体站稳脚跟的时候，你却一声不吭突然辞职去了深圳。你后来对我说，你莫名地觉得你的生活一直被一个叫“小姨”的人罩着，你想试试另一种活法，脱离被人“照应”的活法，真正向自己索求的活法……

其实，我何曾真正“照应”过你？至多是引路的角色。我告诉你，这条路可以走走试试，以后的路，靠的是你自己。我们曾经不约而同地在文章里引用过电影《霸王别姬》里张国荣饰演的蝶衣说的一句话：“人得自个儿成全自个儿。”刊物是个平台，稿件面前人人平等，你通过自己的努力在成全自己，每一篇稿件都有你自己成全自己的心劲和心力。

就这样，你去了南方，进了外企，在另一个时空里寻找自己，成全自己。数年后，你回到重庆，也凭一己之力，当英语老师，做外企管理。再后来，做全职妈妈，学芳疗，通过 IFA（国际芳疗协会）认证的芳香疗法治疗师资格考试，并加入 IFA 中国区重庆分校的讲师团队。与此同时，习琴、制皂、创业，并在这些过程里，写下那么多点点滴滴的文字，用你自己的话说，“不为发表，不做比较，不谋前程，写就好了”。文字成了你与自己对话的方式，让你在平凡、琐碎和忙碌里，依然能找到欢喜和慰藉。

你在 QQ 空间和微信平台里，不知不觉写了那么多心路历程，坦荡、温暖、真诚、平和：“无论怎样，我有我自己的人生，不盲从也不盲干。在过来人的‘劝慰’里提取有价值的信息，整合、规划，从容上路，而且未必一定是和他们完全重合的路……理想主义，并非飘飘然以为理想路上都是晴天，而是面对时不时的阴雨天，仍能不改初衷怀着一颗晴朗的心；做着自己喜欢的事情，即使最后没有什么结果，也是愉快的吧。”这些文字，都是你“用心感受，用笔记录”的成果，呈现着你的生命轨迹，每一篇都有自己的视角，又不乏信手拈来的自在。最喜欢的是你的“闻香”系列，从恐惧的味道到茴香眼睛里的自己，从一粒“种子”的敏感到“等妈妈”的愉悦，从尤加利的回忆和情绪到午后沉香的干净与丰富……在这些文字里，我看到你一路走来的五味杂陈，也看到你一路温和又坚定地寻找自己，并踏实安静地爱自己，元气满满地做自己！

很多文字都是你于清晨时分孩子未醒之前写下的，带着晨露的芬芳和淡定，一如你名字里的“莉”字，有着茉莉般的素馨，浅淡的浓郁，素净的丰富。古书里说：“南越五谷无味，百花不香，独茉莉不随水土而变。”看似平凡的“莉”，经由这些文字在完成着你的“独”与“不变”。我在一字一句欣悦地阅读的时候，常常会想起那个被我剪成短发的小姑娘，仿佛在用她的文字长成青丝，那美妙的长发飘飘，抚慰你爸爸当年的耿耿，也抚平我曾经的莽撞和歉疚……

文字之外，常常会有文友感叹我们之间的某种“相似”，说从你身上似乎可以看到年轻时候的我。其实就长相而言，我们并无多少“相似度”，或许因为特别相似的着衣风格，皆喜布衣布裙，散漫随性。偶尔淘到的布衫，心里知道自己已经过了穿“她”的最好时辰，还是会忍不住买下来。待穿在你身上，瞬间复活的，仿佛真的是年轻了二十岁的自己。特别喜欢的布袄长裙，几乎总是能在你身上激活其最美的部分，看着那人衣合一的美好，惆怅又欣喜。

还想要说的，是你从大学时期开始练就的英语才华，不仅成为支撑你工作经历的重要砝码，也成为我“依赖”你的重要理由，但凡遇到与英语相关的问题，第一时间都是咨询你。但凡有需要翻译的场合，只有你到场我才能安心。记得有一回接待荷兰的导演，他们来渝拍摄陪都时期的文化使者高罗佩的纪录片，涉及那么多中国文化的内容，琴棋书画，精神共鸣，心灵契合，人文生态……你的翻译在我眼里堪称完美，你很享受用语言“搭桥”的过程，你灵动的发挥让那几位金发碧眼的“老外”真正感受和见识了中国文人的生活常态。你翻译时的状态很美，我虽然听不懂，但我能感觉你自信的放松和自如的挥洒，就像看到你写得很完满的文字，羡慕又欣喜。

你在文章里说自己是一粒种子，纤细又敏感的种子，我觉得你更是一棵成长树，一棵逐渐看清自己成长空间并不断给自己浇水培土的树，一棵有耐心和努力也有妥协和尊重的树，一棵以爱为前提不断开花的芬芳的树，一棵了解自己并依托天性去成全梦想的树，一棵懂得让过去过去也让开始开始的树……

给时间一点时间，我相信你乐此不疲的枝繁叶茂，会给你自己的世界带来更多的安定和美好。

2017 年元月16 日

（作者为中国作家协会会员，重庆市人大常委会公民报刊社副总编辑，重庆民盟市委文化专委会主任，重庆散文学会副会长，“冰心散文奖”获得者。）

代序

鱼的散步人生

吕 悦

鱼一般生活在水里，而郭莉——朋友们爱叫她小鱼，却游在天地间。

初见小鱼，1997 年，高中一年级，白色长裙，圆盘脸，羞涩安静，周围总是很多小伙伴。真正与小鱼熟识是 7 年后小鱼大学毕业的那个夏天，她来问我重庆市图书馆的英文原版书借阅规则是什么；当时，我内心暗暗惊叹，这是看英文原版的女子呀！

之后的 13 年，几乎不再分离。

此刻竟有种“相知甚深，无从谈起”的感觉。

见过小鱼恋爱时的投入和认真，见证修得这份爱情和相守的不易。

见过小鱼职场上的聪慧和勤勉，跑记者、做编辑、当英文老师、做外企管理……再到一言不合就创业，要做“让中国妈妈放心的食品级精油皂”，因为深入研习精油，还“顺便”考取了 IFA（国际芳疗协会）认证的芳香疗法治疗师资格，并加入 IFA（国际芳疗协会）中国区重庆分校的讲师团队。记得她初入德资公司时，大量的、繁复的 Excel 表格及数据，还有从未操作过的 PPT 及德国人要求甚高的细节，都让小鱼暗自苦恼，但很快，几乎只过了一个晚上，她已操作自如……没有人知道她从前并没有使用过这些“玩意儿”，当然，也没有人知道那个晚上小鱼是怎么过的。大多数人喜欢小鱼，因为以为小鱼她是浑然天成的。女儿阿湫出生后，小鱼创建妈妈群，分享育儿心得，也组织群里有教育背景的妈妈们成立婴幼儿托管班，在女儿爱上托管班后，小鱼腾出手来学习古琴、学习芳疗，也开始创业……每天凌晨 5 点，甚至 4 点起床，所有需要专注的工作，都在清晨进行，直至阿湫醒来。这本书也是她在每一个天不亮的时候写成的，因为要顾虑阿湫醒来的时间、小傻（小鱼的老公）醒来的时间。小鱼是一个母亲，一个妻子。

见过小鱼旅行中的洒脱和豪迈，能不知不觉把一个人的旅行走成一个团队的结伴而行，当然，这丝毫不影响她随时自然而然地离队去享受她想要的“孤单”。喜欢和她一起旅行，能把天地走成别人眼中的风景，走成我们脚下的路。青海湖上的银河，曾感动得我俩忍不住落泪；高原上的篝火、爽朗的笑声，又引得藏人笑称我俩是藏民，至少上辈子一定是……

见过小鱼受伤、委屈，总在寻求自己、他人和情境都得到尊重和满意，中庸之道对小鱼不是概念，而是生活的指引。初为儿媳的小鱼，从按照婆婆的期待生活，到活出真实的自己，平等地和婆婆交流。如今，她与婆婆的关系很好也很自然。结婚这几年，每一天小鱼都怀着爱和尊重，不断反思、自我成长地实修着。而她的妈妈群，也不断有心理咨询师、瑜伽教练、小儿推拿师、母乳护理师、芳香治疗师、正面管教师、儿童画美术老师、早教专家，等等，因为认可小鱼的坦诚和真诚而加入其中。好多妈妈在这里体验到了归属，得到了支持和帮助。

见过小鱼焦虑、害怕。但她一边焦虑、害怕，一边尽自己所能地面对每一次的难题，无论这道难题是家庭的困境，是创业的艰难，还是面对人生终极命题的困扰——孤独、死亡、存在、意义。

……

让我来写序，奈何我满脑子都是小鱼这个“人”，这游历在天地间的鱼。

或许，这正是我想写的。

故事都是别人的，通过别人的故事，看到有人是这样活着，然后去思考，我可以如何活出自己的生命，这才是重要的。

愿你我，赋予岁月以生命。

2017 年 4 月 8 日晨

（作者为高校心理学教师，中国首批、重庆目前唯一的由中国贝曼萨提亚管理中心认证的萨提亚模式心理咨询师、认证萨提亚模式培训师。重庆市政府、司法部门心理学专家，重庆电视台特邀心理学专家，重庆心理卫生协会理事，重庆心理创伤康复专委会委员，重庆萨提亚教育与应用中心创始人之一。）

目录

闻香笔录

成长手记

目录

五味随笔

后记

闻香笔录

气味，好像一把钥匙，可以打开人记忆和情绪的仓库，借着闻香，可以感受情绪的流动，可以和自己对话，可以平心静气地用芳香塔罗牌占卜，可以闻香识人，也可以解放自己。

恐惧的味道

北京的雾霾很重，我背着一大包专业书籍和电脑，在清晨的后街，看着身边各色带着防霾口罩的人擦肩而过，毫无防护的我，心里有点儿发慌，似乎时间也开始发慌，走得比往日更快。听说上课的老太太性子有些古怪，不准迟到，不准用手机，不准……我加快了脚步，呼吸变得急促起来。空气中一股细密的尘埃的味道，扰得我没有心思坐下来好好享受早餐。在快餐店里急急地买了最便宜的菜包子，拎在手里继续赶路……从青年旅舍到地铁站，仿佛走了一个世纪，右肺中叶开始疼痛，奇怪，15 年前的旧伤难道这么快被雾霾触发？来不及追问，赶紧买地铁票是正事。

“永安里？这都哪儿跟哪儿啊？赶紧出地铁站，打车吧！你肯定来不及了！”售票员居然把钱退还给我，还甩出这样的建议，似乎我的世界被集体调频到慌张。

全身开始发烫，扭头钻出地面，回到车来人往的雾霾里，正是上班高峰，没有车，只有堵车。心一横，又跑回地下，买票，永安里！换乘、换乘、换乘……当我倒来倒去终于到达教室时，已经开课 10 分钟，幸好，我的座位就在门边的角落；幸好，没有人责难我，但我仍然莫名悲痛，想哭，想吐。我木然地坐下来，背包滑落倚放脚边，双手开始止不住地颤抖，完全听不见老师在讲什么……慢慢地，教室里特殊的香气，清新、干净、安全，把我拉回来，仿佛切换到另一个次元。

我回头去看刚才的自己，如此恐惧、慌乱，甚至有一丝不易觉察的负罪感，身体在情绪的乱流下变得如此失控，怎么回事？

“生病是一个很大的创伤。”

逐渐平静的耳朵，终于能接收老师的信号，断断续续，好像在给探索自己的我一个回应。

“不仅仅是精油的香气，其实所有的气味，都可以在 20 秒内直达边缘系统——大脑存储记忆和情绪的地方，好像一把钥匙，打开与这种气味相契合的记忆的抽屉，以及伴随这段回忆的情绪。”

那么，空气中细密的尘埃的味道，联结了哪一段回忆？勾起了怎样的情绪？

“金钱是一种能量，与金钱联结的方式反映的是你当下的能量状态。”

一语中的。拼图在逐渐成形，我终于看到大概的面貌。还是15年前被医生宣判的那场“绝症”，我像今天一样，呼吸短促，右肺作痛。我跟学校请假，收拾行囊独自回家，校门外正好修路，灰尘漫天……接下来是漫长的求医路，整整3年，全家笼罩在死亡的恐惧里……更不幸的是，家里人也接二连三地病倒，好像中了邪一样，原本宽裕的家底被逐渐掏空。那时候的我很稚气，还没有觉察和处理情绪的能力，因为天性乐观和强烈的求生意志，扛过来了，并没有木然到完全没有半点恐惧，恐惧埋得很深，深到我以为它没有来过。如果我没有记错，在那之后，我从一个在医院走廊加床就能安稳熟睡到天亮的傻妞儿［空荡荡的走廊，就我一张临时加床，特别靠近ICU（重症加强护理病房），方便急救，每天都有“前辈”盖着白布从ICU搬出来，难怪护士表扬我全楼道就我睡得最香］，变成了只要夜幕降临，就无法一个人安睡的敏感神经质，变成了独自出行就必须住青年旅舍的所谓的文艺女青年。

直到今天，我才发现我的行为，真的被模式化了，我只能住青年旅舍，哪怕它离我上课的地方隔山隔水隔雾霾，哪怕它毫无文艺气息，不过是方便北漂青年能蜗居的地下室，我认了，这是我能找到的最近的青年旅舍了。

我真的认了吗？15年前灰尘的味道，还在让我痛吗？我还在被那个早已远逝的痛牵着鼻子走吗？我真的享受节俭带来的胜利和乐趣吗？还是说，北京的雾霾把我重新带回到当年拖垮全家的愧疚里？从来追求自由的我，真的甘心就这样被自己的恐惧模式化吗？

不甘心。可是，它不受我的意识控制，它只受潜意识支配，而潜意识的种子是什么时候种下去的？千头万绪。

工作人员把闻香纸递到我的面前，九种气味：树脂类、木质类、根茎类、青草类、花朵类、种子类、果实类、叶片类、辛香类。当我闭着眼睛闻香的时候，会将任何闪现在脑海里的画面口述出来，身旁有同学默默地做记录……人进入一种半梦半醒的状态，各种被“忘却”的记忆、被忽略的情绪会翻腾出来，拼图越来越全，越来越细……我很庆幸今天的自己不似当年稚气，有能力也有勇气去面对和处理如此多的信号；我也很感谢，精油毕竟不是雾霾，它携带着来自植物的高频能量，即便当下那个种子类的气味像极了当年喝过的中药，也给了我巨大的支持，让我重新体味苦涩背后的温暖。

在闻香课程的第二天，我对自己说，搬到酒店来，我要挑战一个人睡觉——这个决定让我既欣喜，又忐忑，但我还是要跨出这一步，试一试，也从这一步开始，我开始真正探索精油从心理层面给人的疗愈和支持。我开始动念要把闻香的体验笔录下来，我自己的体验，对现有的芳疗书籍，也许既是呼应，也是补充，给同行者一个参考。

与文字为伴，本质上是一个人的舞蹈，没有舞台，没有灯光，没有观众，没有掌声，音乐在你心里，跳就是了……但慢慢地，你会发现，在一片幽暗的寂静里，还有一些可亲的“熟人”，在不远处一起跳舞。

我是一粒“种子”

我是一粒“种子”——很多年来，我一直不承认。

创立芳香基因学的瓦勒莉老太太认为，精油来自植物不同的部位，当然就有不同的特质和脾气。这很有趣，正好可以“大致”对应不同的人格特质，而一个人的内在人格特质，往往藏着神的暗示，可以借此探寻自己的天赋和使命。

闻香和测试之前，我揣测过无数次：“我应该像果实一样勤奋，是最靠谱的员工；当然，还要像叶片一样善于思考，充满智慧；哦，也许还有点儿树脂，大我胜过小我；不过也有人说我像木质，很有决断力又充满侠气……”我活在很多的“应该”里，我始终不相信自己是一粒“种子”，就像很多年前，不相信小姨跟我说：“你确实有文字方面的潜质。”

但每次闻到种子精油的气息，我的心都会颤抖，甚至泪流满面，做闻香记录的同学低声试探道：“你是‘种子’吧？”我笑笑，心里不屑：“你太外行了吧，我怎么可能是种子？你没听老师说吗？‘种子’是最文艺的……”

我在比对，也是在比较，更深的潜台词是我觉得自己不配，仿佛从小就觉得“别人”都比我厉害。11 岁那年，在小姨的极力推介下，我加入“山城文学少年讲习所”学习，全班50多个同学，我大概是年龄最小的，当其他同学在台上朗读自己的作文时，我总在心底不停地拷问自己：“你看你写的啥？”所以，我从不上台朗读自己的作文，老师说上来讲个笑话吧，天，我真的讲得自己都想哭，两条腿抖得差点儿迈不开步子，但老师没哭，她给了我最温和的微笑和最善意的掌声。如果我没有记错，这位名叫谭小乔的老师创作了大量的儿童文学作品，如今已是重庆作家协会的副主席——字里行间跳动着童心的人，才会包容和鼓励一粒“种子”的纤细、敏感以及尚未萌芽吧！

我开始喜欢这个讲习所，喜欢那个叫阿蛮的老师在课堂上跟我们朗诵普希金的诗，我很诧异他跟我们说“15岁的普希金在课堂上给姑娘写情诗”，却没有半点儿道德批判和说教，还原了人性本来的样子，也再现了才情本身的光泽——我爱极了这些不一样的声音，但是悄悄的，不敢说。

同年，我加入了山城文学社，并有了人生意义上的第一次发表，看着自己的作文变成铅字，攥着编辑部老师寄来的稿费，我其实忐忑多过快乐，我还不习惯站在人群中央，但仍被学校德育部主任撞见了，她翻了翻报纸，漫不经心地评了一句：“你是报社有熟人吧？这篇文章值几分钱？”见我窘得不能言语，她的嘴角升起一丝笑意："你说啊？值几分钱？"糟糕的是，我还真有一个熟人，我的小姨，既是文学讲习所的老师，也是山城文学社的会员，还在我 8 岁那年，送了我人生中第一个日记本，红色的，本子里第一篇日记就是她一字一句教我写的。

从此，"熟人"成了自我否定的利器，也成了我要花额外且巨大的能量去回避的字眼。可是没有用，很多年后仍有报社编辑跟我说："稿子不错，是你小姨给你改的吧。"其实，说者无心，可能还想借此表达她对我小姨的尊重，但听者有意……很快，我去了另外一个城市，操着外语，溜进外企，过着完全不一样的生活。甚至后来很长一段时间，天天跟数字打交道——最初会觉得窒息惶恐，肩颈疼痛到连筷子都举不起来，但慢慢地，我习惯了，我试着把它们当成另外一种文字和表达，我以为我会在一个没有"熟人"的世界里终老……可是有一天，老板变成了我的先生，变成了最不可能摆脱的"熟人"，我有点儿懵——生活总是有各种各样的轮回，直到你了悟为止。

当时不懂，所以，我还是辞职了。

正是失魂落魄的时候，已经是重庆市渝中区作协主席的阿蛮老师和我联系上，希望我能和他一起工作，并期待有一天我能有自己的作品。和老师坐在空荡荡的会议室里，就像 20 年前坐在山城文学少年讲习所的课堂里……我看到的还是那双眼睛，真诚、纯净，充满激情，但习惯于自轻的我，会自动屏蔽老师的肯定和赞许，最终还是拒绝了。

接下来怀孕的那段日子，因为严重的妊娠反应，我既不能走四方，也不能重返职场，当所有的能量无法外放的时候，就只能内收，收到不能收的时候，我突然发现：还有文字对我不离不弃，它既是我童年的伙伴，也是我和自己对话的方式，让我在平凡和琐碎里，仍能找到欢喜。我重新拿起笔，不为发表，不做比较，不谋前程，写就好了。

后来才知道，不离不弃的还有我的小姨，以及山城文学社的阿蛮老师，他们把我放在 QQ 空间里的文字，择优选择，让我进一步修改整理之后，进入了《渝州》杂志的“渝州青年作家”专栏——在写下这行文字时，我仍然会有害怕，怕别人又拿“熟人”说事，但我仍然鼓起勇气，把这些可爱的“熟人”都记录下来，是你们给了一粒“种子”最温柔的沃土、最细致的呵护，以及最有耐心的等待。

到今年，山城文学社就成立 30 周年了，是什么让一个非营利性质的机构可以走过30年？是什么让一个课堂孕育了那么多与文字终生为伴的人？时间是一个很有张力的东西，小姨说：“30年前，我都还没有开始写东西哩！”30年后，她捧回了冰心散文奖。30年前，她的女儿还没有出生呢；30年后，家里最小的“山城文学社社员”已成为重庆作协会员，有了自己的作品集《就让故事都经过》，厚厚一本，成了她顺利到英国深造最有分量的通行证。

与文字为伴，本质上是一个人的舞蹈，没有舞台，没有灯光，没有观众，没有掌声，音乐在你心里，跳就是了……但慢慢地，你会发现，在一片幽暗的寂静里，还有一些可亲的“熟人”，在不远处一起跳舞。想起另外一位“熟人”，西安刘红芳香艺术培训学院的刘红老师，她曾经说过：“你找到了自己，别人就会找到你。”

我是一粒“种子”，我很庆幸，遇见了你们，也找到了自己。

是的，这个世界很大，你当然没有办法符合所有人的价值观，妈妈也不能阻止这个世界可能会有此起彼伏的笑声，但你回头，会看见，妈妈在这里，全然地接纳你所有的如是存在。

布达拉宫的记忆

我叫她素素，从小玩到大的闺密。

素素研习心理学已十多年，眼下怕是中国最年轻的萨提亚（由美国首期家庭治疗专家维吉尼亚·萨提亚女士所创建的理论体系）导师，在学习的路上，她总是有太多的好奇，仿佛永远不知疲倦。一天，她突然给我打电话，说要来闻香："六根的眼、耳、鼻、舌、身、意，都是不同的法门，我要来体验一下。"

闻香过程中，素素闭合双眼，完全沉浸在自己的世界里；而熟睡的阿湫却提前醒了，径直拉开院馆的门，想要加入我们，我只能示意爸爸带她出去玩一会儿。阿湫眼里装满了失落，但没怎么闹，只是看着我，直到完全离开我的视线……

这个意外的插曲，在闻香结束后，引发了一场意外的对话。

"我的内心很矛盾，不希望阿湫进来，但知道她其实属于这里……嗯，带阿湫去布达拉宫，别等她长太大，早一点儿去。"素素丢出这样一句话，让我有些摸不着头脑，但闻香总有意外，也许，意外往往是某种必然。

"为什么？"我仍然忍不住追问。

"带阿湫去布达拉宫，这句话就这么从心里跳出来，我怎么知道为什么？你去问她，喜欢布达拉宫的什么……”

也对，没有谁能完全懂得另一个人的过往今生。想起药材市场的一个老板，放眼望去她的生意是最好的，可她却有种“无处安放”的无奈，在她心里住着一个“家庭主妇”，而不是忙碌的老板：“一年 365 天，我能给你做吃的不重样，家里衣服全部手洗，最享受的就是衣服洗得干干净净晾在那里……”她微笑着闭上眼睛，仿佛真能穿越这浓郁的中草药味，回到自家天台，对着满满的衣服无限幸福。如果我说，我理解她，那我一定是误会了她。所以，晨子调侃过：“成熟不是理解别人，而是找到自己。”

要不要和阿湫继续这场意外的对话，我有点儿犹豫，她说话比一般小孩儿都晚，直到现在两岁七个月了，才断断续续会一些非常简单的词句，别指望她能给我一个精彩的故事，但布达拉宫我是真想去——前些年机票都买好了，却突然高烧不能成行。这倒好，问问阿湫，本质上成了问问自己：还要不要去？

“阿湫，你想不想去布达拉宫呀？”

“去过的。”一脸淡定。

似乎如果我有任何的惊诧怀疑，可能还会伤害她。

“那你喜欢布达拉宫的什么呀？”

“法器！”掷地有声。

我和她爸爸偷偷交换了一下眼神，确定彼此都没有刻意教过孩子这个陌生的词语。

“布达拉宫的人多不多呀？”爸爸也来了兴趣。

“多！”

“那你在布达拉宫做什么呀？”爸爸换了一个开放的问题，不知道阿湫怎么接。

“玩！”哦，还是那么简单，不过也是，对于一颗安定的心，除了玩，其实没有太多正经事。

“那你在布达拉宫有没有好朋友啊？”

“有！”

“他叫什么名字啊？”

“巴多吉。”肯定明了，阿湫依旧一副“当然如此”的表情。

这是一个很陌生的的名字，就这样清晰地从她嘴里溜出来，但我不想去求证阿湫是否有这样一个朋友。那一刻，我对生命有一种敬意，想起“知无知”的创办人谌洪果在一次沙龙上说：“当耶稣降生在马厩里的时候，我们看到一个似乎最低贱的生命，可谁又能想见他在天国里的位置呢？大概《圣经》要用这样的细节来启发我们的平等与尊重。”

我不是一个绝对的无神论者，相信可能有转世一说，而从芳香基因学的角度来说，人的记忆是可以留存很久很久的，包括前世的记忆，也包括祖辈的记忆。而这些久远的记忆，会埋在潜意识里，左右人的情绪和行为模式——所以，活在当下其实是一件很难得的事。在如此漫长的时间隧道里，当然不可能总是愉悦的记忆，闻香的目的，是让香气带出那些“不好”的记忆，然后借着植物精油高频能量的支持，去直面那些回忆，并转换记忆背后的情绪，以便此后从不知所以的情绪和行为模式中跳脱出来。

布达拉宫带给阿湫的感觉，看来是愉悦的，对于一个妈妈来说，这足够了。

我有一副芳香塔罗牌，里面有42张对应不同精油的纸牌，纸牌上有形态、表情各异的人物，暗含特定植物本身的能量特质。阿湫最喜欢“檀香”，总爱把纸牌倒得一床，然后安静地寻找“檀香”，找到了，就兴奋地挥着小手说：“妈妈，檀香，打坐！”

阿湫喜欢学“檀香”的模样打坐，家里阿姨看了笑得前仰后合，觉得这简直就是一个奇怪的小孩儿。是的，这个世界很大，你当然没有办法符合所有人的价值观，妈妈也不能阻止这个世界可能会有此起彼伏的笑声，但你回头，会看见，妈妈在这里，全然地接纳你所有的如是存在。

“布达拉宫，去！”我跟素素回话，素素笑。

阿湫也浅浅地笑起来。

“阿湫，你干吗这么远跑来投胎啊？”爸爸永远是最好奇的那一个，没有之一。

“等妈妈。”

我不知道，这个“等”字有怎样的故事和深意，但我能感受一种深情……也许，我也在等她；也许，上次高烧错过西藏之行，只是为了日后的同行。

也许，当一个人开始自我凝视的时候，才不会被欲望蒙住眼睛，才能更清楚自己的位置和节奏。

茴香的眼睛

很久以来，我都没正眼看过茴香（拉丁文名：Foeniculum vulgare），一股厨房里的红烧肉味道，如何与优雅的芳香疗法画上等号，我不知道也不想知道。家里唯一半瓶茴香精油，还是闺密仙姑嫌多，好意分给我的。在芳香塔罗牌里，仙姑老是抽到茴香，她有些好奇，买了来闻，结果……我们都不待见茴香，就像曾经是那么的不待见自己。

备战 IFA（国际芳疗协会）国际考，60 多个常用精油的特质和用法必须研读掌握，当然也包括茴香，我一面讶异它的强大，一面仍然将它束之高阁。但考试结束次日，我不得不想起茴香——好几天莫名的胃痛，肠胀气，吃饭完全是走过场。如果是往常，忍一忍了事，实在撑不住就整点胃药，但这次我有了警觉——为什么参加考试的同学几乎都有相似的症状？

一起备考解剖学的过程中，我和同学们都记住了一个词：肠易激综合征。虽然生僻，却不是什么稀奇的毛病，它跟情绪或神经系统失衡有很大的关系，当一个人总是处于紧张高压的情绪下，交感神经系统就会独揽大权，所有与对抗眼前紧急状态无关的反应（胃肠道的肌肉活动，消化液的分泌，等等）都会被抑制、延缓，甚至完全停止；如果这个人正好还不懂得休息，那简直雪上加霜，让身体平静修复的副交感神经系统被打入冷宫……原本相互协作的两个系统，因为主人失控，而被厚此薄彼，身体当然失衡……哦！这个人，难道不是我吗？没日没夜地研读、复习，即便考试结束了，还停留在那个情绪里走不出来，所以，哪里是胃出了问题？是我出了问题！

忍着胃痛，翻身起来调油，薰衣草、德国洋甘菊……当然还特地让茴香当了一次主角——它能够影响下丘脑摄食中枢，同时安抚、镇定过于活跃的神经系统及生活节奏。调好后，涂抹于整个胃部和上腹部——正好也是七个脉轮中本我轮（第三脉轮）的位置，恐惧、忧虑、不安全感、嫉妒和气愤都是从这里产生的；生理上，本我轮与胰腺中的胰岛相连，其能量同时影响太阳神经丛、脾脏神经丛，以及消化系统中的胰腺、肝胆、隔膜和背中部。长期处于压力下，长期跟自己过不去，本我轮一定会表现出不平衡。

一股红烧肉的味道迅速蔓延整个卧室，但一分钟不到，还等不及我嫌弃它，胃痛已然消失。又惊又喜之余，也验证了自己的判断，慢慢放松并恢复平静……其实，红烧肉并不难闻，那是老爸的拿手菜，每逢我回娘家，他会露一手，一生吃素的他，做起荤来也是讲究的，有一丝不易察觉的甜味。大概人在内心安宁的时候，才能如此细致和用心地对待一碗家常菜吧。

小时候曾跟老爸瞎掰：“你一辈子就一个女人，是不是很没意思？”

“其实你细想，一辈子很多女人，也没什么意思。”中音浑厚，底气十足，年轻时被很多女人追逐过的老爸，显然不是吃不到葡萄喊葡萄酸，此刻他说的不是女人，是欲望。

蒋勋老师在讲中国美术史的时候，透过宋代一幅家居生活图，看到当时的文人在家里挂自画像——据说西方直到文艺复兴，开始重视人的意义和价值时，才有自画像，而中国早在宋代就已经有了。也许，当一个人开始自我凝视的时候，才不会被欲望蒙住眼睛，才能更清楚自己的位置和节奏。

想起根据真实故事改编的电影《华尔街之狼》。由莱昂纳多饰演的华尔街传奇人物乔丹·贝尔福特，也的确是狼性十足。他似乎深谙财富和心情的关系，他用毒品和性让自己癫狂，用癫狂来虚饰轻松的姿态，用“轻松”和财富对话，同时也遮盖越来越不堪的身体和慌张的内心。速度很快，3 分钟内赚取

1200万美元，31岁就坐拥亿万家产，但游走在法律边缘总有踩虚脚的时候，所以，败得也很快。也许，银铛入狱的那段时光，反而让他有了“自我凝视”的机会，知道真正的轻松，只能内求，不靠毒品，也不靠性。

突然觉得好笑，内在人格是“种子”的我，家里竟然只有茴香这一瓶种子类精油，而且还是别人匀的。我似乎给芳香疗法贴了很多标签，仿佛它必须是一个香香美美的世界，但种子类精油偏偏大都很“家常”，比如：茴香。它好像一幅看不见的自画像，又好像自己的另一双眼睛，看着我，时不时地问一句：“嘿！你在干吗？”

女儿阿湫也喜欢问：“妈妈，你在干吗？”有时，还真问得我有突然醒来的感觉。小家伙走路很慢，偶尔还停下脚步，撅着屁股闻闻路边的桂花，或是捡一两片银杏的落叶……我们当然不可能随时都悠然自得，就像精油不是每一瓶都香香美美，但“战斗”之后，记得停下脚步，捡捡落叶，仿佛捡起丢失的自己。

不是尤加利的错

尤加利，也叫桉树，我在广西旅行的时候见过，高速公路两旁的山峦上，齐刷刷地站满了，仿佛列队迎接，又仿佛目送。全世界大概有300多种不同的尤加利，能生产精油的不过15种左右，常见的，大抵不过：蓝胶尤加利（拉丁文名：Eucalyptus globulus）、澳洲尤加利（拉丁文名：Eucalyptus radiata）、薄荷尤加利（拉丁文名：Eucalyptus dives）和柠檬尤加利（拉丁文名：Eucalyptus citriodora）等几种。

怡，是我从小玩到大的朋友，一接触芳疗就爱不释手，她说能闻到森林的气息，而她最喜欢给女儿小可用的一支精油，就是柠檬尤加利，“真的很灵，在小可感冒初期，熏一点儿柠檬尤加利，她第二天就好了！那个味道，有一点儿柠檬的清新，真的很好闻！”

有这等好事，我当然不能错过，赶快去买了来试……打开瓶盖的一瞬间，我顿时呆了：让人紧张而窒息的味道，仿佛有一只淋了雨的飞蛾，扑棱着带霉的翅膀，一头撞死在潮湿阴暗的墙壁上。幸好知根知底，否则真会怀疑，怡是不是卖精油的托儿，即便如此，我还是一个电话甩过去，臭骂了她一通。认真学习过芳香基因学的她，在电话那头弱弱地回应："看来，每个人对气味的感受，还真的是不同。"

对她这句话，终于有所领悟，是在九型闻香之后。

在闻到"叶片类"精油时，那股熟悉的该死的味道又飘散出来，尽管混合隐匿在其他叶片类精油之中，但仍然迅速被我捕捉到："哼！柠檬尤加利！你化成灰我也认得你！你居然也入选九型闻香的精油配方，瓦勒莉老太太是怎么想的？"闭目闻香的我，心里一阵乱烦，但很快脑海里出现一个画面，并且像电影一样，不断地有情节推进：我竟然变身成一个穿着兽皮的小野人，三四岁的个头，和一群小伙伴在一片茂密的森林里，手牵手围着一棵奇大无比的树嬉戏玩耍。突然，地震来了，树脚旁的地裂开一个大缝，树没倒，但好几个小伙伴滑到地缝里去了，所幸大家仍然手牵着手，地缝里的几个，就这样呼啦啦地悬吊在那里，其中一个就是怡，居然是怡！我急得高声大喊："所有人不要松手，拽紧了，往上拉！"小野人毕竟是森林里长大的，有野性，身手也敏捷，没一会儿，一串儿小伙伴就这样从地缝里被拉扯起来。这时，天空中飘起了鹅毛大雪，树冠上开始积雪，我把手一招："回家吧！没什么了，森林就是这样子的！"大概年龄都比我小，有点儿没心没肺的，大伙儿真像什么都没发生一样，开始往家的方向散开，走在最后面的怡，年纪最小，开心地复读我说的话：“森林就是这样子的！”蹦蹦跳跳地好像刚刚不过是玩了一次秋千。雪越来越密，而我却不冷，因为紧张，汗湿了一身，不远处传来柠檬尤加利的味道，我鼻子一缩，顶着雪回家了……

看来，每个人不仅对气味的体会不同，对同一件事情的感受也不一样，准确地说，气味只是一把钥匙，打开了记忆的抽屉，在抽屉里装着的不仅是当时发生的客观事情，更多的是事情背后不同的情绪。我来不及审问自己是否当过小野人，在闭目闻香的那个当下，我全然地接受所有出现的哪怕是稀奇古怪的画面，同时告诉自己：此刻的我，当然比那个小野人的我更有能力处理情绪，我接纳我的紧张、害怕、担心，以及面对死亡的恐惧……但小野人时候的我的确漏掉了一个重要的觉察——在灾难面前，没有一个小伙伴松手，真正地不抛弃、不放弃，面对死亡，不只有恐惧，还有爱！

我口述了所有的画面和感受，不断地说，不断地推进，也不断地释放和化解，负责记录的同学，在闻香结束之后，把笔录递给我，那些文字，每一个都出自我的口，但又恍如隔世。

记得在萨提亚年会上，我曾问贝曼老师："如何看待死亡？为什么我所经历的死亡都是冰冷的、黑暗的、孤独的？"那一刻，摄影师把镜头推向我特写，全场安静下来。

八十多岁的贝曼老师却很俏皮："这两天，在广州有一场大会，大家正在讨论这个问题，如果你还没有明白，没关系，明年我们又相聚，继续来讨论……"老头子的气场如此放松，微微笑的一瞬间让我顿时领悟：真的是"未知生，焉知死"，死亡不过是一面镜子，反射的是你生前的音容笑貌，当你活着的时候，体验到的是爱与温暖，那么死亡，就不会是孤寂的。

只是，在人生漫长的过往里，有那么多的回忆和情绪，包括我们没有妥善面对和清理的，它们铭刻在灵魂里，不断地累积叠加……所以，即便贝曼老师让我有所顿悟，但在死亡面前，我仍然有自动化反应，尤其是这些年外公外婆先后离世，我仍然没有办法真正意义上地接受事实，没有。

直到这次闻香，我试着去与那个"不松手"的爱联结，才开始得到解放，开始接受事实，并且给予外公外婆无尽的祝福。

重庆这几日雾霾也来得狠，我非常敏感，整个呼吸道好像被划开无数细小的伤口，火辣辣地疼，一回到房间，马上扩香。

在选配精油的时候，我虽然犹豫了片刻，但还是挑上柠檬尤加利一起滴进去。

它不算是很精致的味道，温佑君老师在《植物人格全书》里调侃它：带着满不在乎、大咧咧的傻劲，仿佛年轻时不在乎成本……柠檬尤加利的生长速度飞快，在台湾俗称“猴不爬”，因为叶片与树皮都非常光滑，仿佛生命中没留下任何苦痛刻痕，洋溢着青春和快速代谢的能量特质。

其实，如果跳出三维世界，灵魂是没有年纪的，因为连时间都没有，只有当下——我还没办法全然地做到那样的状态，但我可以时时清理自己的情绪，让灵魂不要纠结于过去，让它保持“年轻时”的状态……

屋内散发着森林的气息，当然也有柠檬尤加利，这一次，我竟然不烦了，也再不会觉得“紧张到窒息”，一点点平静，呼吸道的灼烧感渐渐退去……原来，并不是柠檬尤加利的错。

周末带着孩子们，跟怡一起逛花市，提到这次闻香，她竟然兴奋地跟我坦白，自己“闻”到过同一片森林，那里的树长成什么样，核对无误。末了，又怯生生地嘀咕：“千万不能说出去，别人会觉得我们俩神经了，根本就不会相信。”

生命归根结底是自己的，别人的相信或不相信里，又有着他们自己的故事……我愿意写出来，让更多的人知道，并试着去觉察，去解脱，那支让你受不了的香，可能带着生命的慈悲，来陪着你走过去；当然，更多的，我是写给自己，走过去了才发现，生命本身有那么多的欢喜。

沉香的午后

我不懂沉香。

若干年前，在厦门闲游，偶遇一家香料铺，店家近乎虔诚地将沉香捧在我面前，可惜当年的我，大概还没有开化，觉不出特别，只知道贵，看个稀奇罢了。

这些年，接触“精油”，闭目闻香，似乎嗅觉才真正开启，同时也开启了一个机会——借由香气与自己对话。这些诚实的对话，好像剥洋葱一样，剥去了我捆绑自己的层层精神束缚。说“精油”解放了我，这是实话。

研习精油久了，大家会默认我只爱西洋香，台湾真刚堂的陈逸凯老师到访玄默空间，分享沉香之美，玄默空间的主人问：“你……来不来？”

我当然来。

所有的天然香料，无论东方的，还是西方的，都源于大自然；无论昂贵，还是便宜，都是独一无二的存在，有着完全不同的能量特质，以及各自不可替代的价值。价格上的差异更多体现的是人类获取它的难易程度，但并不决定谁一定比谁更高贵，丢掉分别心，和香气本身联结，会发现大自然一直在无私地分享着它的智慧。

但我这样的凡夫，总是有分别心的——当我把“沉香”传给下一位小伙伴的时候，竟然傻傻地、不舍地念叨：“这个比精油好闻呢！”

我承认，我被沉香感动了，甚至努力控制着眼泪不要掉下来；它是如此干净，人们说它是“菩萨身上，毛孔所放出来的香”，一点儿不过；连自我对话都显得烦冗，直接和那个本来的自己四目相对，直接沐浴爱与温暖——古人焚香沐浴，大约是知道，内心的部分是用水洗不到的，只能用香。在那一刻，过往的纠葛像翻书一样，就这么轻描淡写地翻过去了，只剩下理解、担待，还有感激……只是我有点儿忘了，是精油“唤醒”了我，才让我在若干年后的今天，终于能感受到沉香的美。

“哪些木材有机会成为沉香呢？”我的好奇心又生发了。

“四科十六种。”陈逸凯老师仿佛信手拈来。

“为什么只有这四科十六种有机会？”我追问。

“因为只有这些木材会分泌一种油脂……”老师从极专业的角度娓娓道来，而我却有点儿神游。

“因为天分比勤奋更重要啊！”小宇在我身旁低声嘀咕，把我从“半道”上拉回来。

“不是说众生都可以成佛吗？”我喜欢和他斗嘴。

“那是说成佛，不是说成沉香……有的成这个了，这个！”小宇指着手边的老班章（普洱茶），以慵懒的语气，带点儿不正经，但我知道这小子是说真的。

是的，成佛之前，得先成全你自己，如果你是“老班章”的料，何必难为自己非要变成“沉香”？而茶也好，香也罢，最后都可以是某种意义上的“佛”，因为它们完成了自己，还利益了其他众生……找到自己的路，剩下的交给时间。

但，我似乎从来不给自己时间。

面对挑战，我不去计划“过程”，总是很容易在一开始就给自己最直接的否定……闺密素素一直都看在眼里，终于有一天，她调整呼吸，尽量用平和的语气跟我说：“你真的有点儿固执……在你的世界，似乎只有0分和90分，如果不能拿到90分，那么就只能是0分，你没有想过即便是50分、60分，还是可以帮助到别人，而有了这个过程的积累，你才可能真正接近90分。”

“强己所难”的人，其实也很容易强人所难，我仿佛手拿着遥控器随时快转人生，难得平静，也没有耐性，用一个没有弹性的标准去衡量身边的人，达不到标准的人，通通一把大叉，我看不到每个人都在自己的历程里，我不给时间。

沉香是懂时间的，它实在是活了太长太长，在时间的长河里被风雕水琢，得道成型，然后在这样一个冬日的午后，毫不吝惜地燃烧自己，好似一个敦厚的老者，温暖而又温柔地跟我说："喃，莫急。"

沉香的气息还在玄默空间萦绕不去，电话来了，是IFA（国际芳疗协会）重庆分校的校长，没机会细谈……我发了一则微信过去，坦陈之前因为备考资料达不到我心里的标准，对她有多么生气，即便在顺利通过国际考后，仍然耿耿于怀；但在此刻，我能感受到她的各种不容易，以及在条件和能力范围内的最大努力，心里只剩下感恩——正因为她将IFA（国际芳疗协会）引入重庆，我才得以和香气结缘，与自己相遇。

冰消雪融的感觉其实很好，与其说是原谅别人，不如说是放过自己，没有对抗，也不再犹豫，我接受了校长的邀请，加入IFA（国际芳疗协会）重庆分校的讲师团队。这是一个挑战，但也是我喜欢的路，剩下的交给时间。

内心被洗过的感觉，也很好。相遇总是短暂的，写下这些文字的时候，陈逸凯老师大概已经回到台北，但我们都知道，为了这个清冽的午后，那些燃烧的沉香早已准备了很长很长的时间。沉香不是“佛”，它用香气告诉我：它只是众多香气中的一种，它谦卑地做自己，剩下的交给时间。

一个感知到温暖的人，一定有什么安抚了内在的自己；一个内心有自己宫殿的人，终究会为自己做主的。

提线木偶自由记

10 岁生日，吹蜡烛的时候，轩轩许愿："我长大了要做一名游戏设计师。"

这句话，他常悄悄跟我提起，听似肯定，却不知为何总觉得少了一点儿笃定。一天傍晚，轩轩凝神屏气地拉住我："小鱼妈妈，能不能让我玩一次芳香塔罗牌？我有问题要问它。"

"好吧。"我忍住好奇，不动声色地拿出芳香塔罗牌和岩兰草精油，给小伙子做静心仪式，还顺便感受了一下他的脉轮——喉轮非常不稳定，和他经常感染呼吸道疾病正好对应；本我轮背侧微弱到几乎没有，这恰恰是今天要通过芳香塔罗牌来探索的。

平心静气之后，小伙子说出了他的问题："我长大以后，能不能成为游戏设计师？"

闭目，左手抽牌。

结果是丁香。

"太棒了！我超喜欢这张牌，她好像终于挣脱束缚，再也不用做提线木偶，在头顶梦想之光的指引下，可以自由地完全按自己的想法生活了！"轩轩这席话，不仅超越年龄，而且非常流畅，简直让我惊异。

但此刻，我提醒自己，保持平静和探索的心态，继续我们的对话："嗯，丁香确实有帮助人挣脱束缚，走出限制的能量……好吧，先回到你的问题，为什么你那么希望做一名游戏设计师？"

"因为设计的过程非常有趣，而且可以统领众人，让我很有成就感。"孩子永远比大人坦率，但轩轩今天能如此简明清晰地表达自己，还是超出了我的预期。

"那你向塔罗牌提出这个问题，是否说明你心里还有一些不确定？是否觉得自己像提线木偶一样，受到了某种限制？"我也放开了，管他是不是只有 10 岁，平等对话。

"是的。因为家里还不够民主。"

"这跟民主有什么关系？"我觉得越来越有趣。

"当然，缺少民主，就会缺少创意！而游戏设计是最需要创意的！"

"那你举个例子，给我们一个改正的机会。"

这句话像打开了闸门，轩轩的"血泪史"倾泻而出，见我有些心疼难过，这孩子拣了个搞笑版的来安抚我："说个几年前的吧。我听说，数羊可以帮助入睡……正好有一天，我确实睡不着，就干脆开始数羊，正数得昏昏欲睡的时候，被奶奶发现了：‘还在念什么？怎么还没睡？’啪！一个耳光扇下来……结果，又把我的瞌睡虫扇醒了。”

没心没肺的我，居然笑岔了气……这也验证了，专业的心理咨询师为什么通常会把有咨询诉求的亲人朋友转介给同行，尽量避免自己亲自上阵，是有道理的；因为人，在至亲面前更难跳出来，“身在庐山”，就会少一分觉察和觉知。

轩轩哭笑不得地看着我，踩着节奏转入重点：“我连跟她说‘嘿，我在数羊呢’都没有机会。我没有机会表达！”

“而所有的艺术都是表达……在表达力上，你觉得有一种无形的束缚？”

“是的。不过，民主虽好，但即使在我的游戏里，也通常不是专制的对手，因为投票太麻烦了，票没投完，专制国已经打过来了。”

果然，喉轮对应一个人的表达力，我们平时看到的轩轩是有掩饰的，疯疯傻傻，常常不知所云……他如此丰富的内心，因为恐惧、讨好、自我保护，得不到顺畅地表达，当憋到一定程度的时候，就以咳嗽的方式“表达”出来。是的，咳嗽是一种表达，但是很费力，人不费力是咳不出来的。西安刘红芳香艺术培训学院的刘红老师说过："若长期处于这种模式，孩子在成年后就容易活得很费力，费力地工作，费力地生活……而生活本来的意义，是要人活得轻松的。"很多成年人，对这样的话可能不以为然，因为他们早已听不见内心的声音，而听得见的人，如"京城第一玩家"王世襄，一辈子都在玩，能玩也能写，著作等身，其中《明式家具研究》对后世影响颇深。人们说他把当时的市井"雕虫小技"，玩出了大雅，玩出了文化，玩出了一门"世纪绝学"。听得见内心声音的人，是"折腾"的，也是幸福的，还好，轩轩有自己的游戏世界，那是一个允许表达的天地；但因为现实世界的对冲，他有很多犹豫和困惑，对自己以及这个世界的认知和判断都有些模糊和不确定，这也正好呼应了本我轮的微弱，他需要一些能量上的支持。

沉思片刻，我继续回应小伙子："那是在前线打仗，战事瞬息万变，讲的是当机立决、统一号令，你们可以投票选出最得力的将领，来指点江山……办法很多，通过设计来改良，而不是轻易动摇对民主的信心。何况，在没有战争的日子，生活不讲输赢，只讲幸福，你觉得专制和民主，哪一个能给更多的人带来幸福？"

"民主！"小伙子斩钉截铁。

"你确定？"

"是的！"

"也许，还有更多的选择，保持你的开放，慢慢探索。这支丁香送给你，支持你继续往前走，去扩展新的可能、新的方式、新的机会……你的游戏会越来越有意思。不管在游戏里，还是现实里，先改变自己，其他人就会跟着你玩儿。"

"你确定？"小伙子学得很快。

"我确定。"

轩轩振奋地笑了笑，闭着眼睛闻手上这支丁香，竟然自言自语起来："好温暖的味道，咖啡色，我仿佛看到了我的宫殿……"

一个感知到温暖的人，一定有什么安抚了内在的自己；一个内心有自己宫殿的人，终究会为自己做主的。突然想起，在备考国际芳疗协会芳疗师资格的过程中，老有同学说我是学霸，一半是打趣，一半是认真。但回想我的少年学生时代，学霸离我太遥远，为什么？因为能量是淤堵的、破碎的、战栗的，我有太多的说不出，然后做不到。今天抽到丁香，也让我觉得很神奇，这种植物在花朵未开放前就被采收下来，从花苞里萃取精油，这其中蕴含的不正是突破一切限制，尽情绽放的能量吗？

几天后，持续吸闻丁香的轩轩告诉我："在我的游戏里，有新的模式，生存或是创造！生存，就是适应这个环境，活下去就好；而创造，你可以有很多的创新！你，就是神！"那语气和眼神，让我看到某种叫"笃定"的东西。

当然，在生活中，轩轩和奶奶的拉扯还在继续，但又有一些微妙的不同。

"轩轩，赶快睡午觉！快！"奶奶令下。

"我不睡觉，我要打坐。"平静而坚定。

居然敢说"不"，我等着看好戏。

"打什么坐？你有毛病啊？"奶奶怒。

"睡觉是无意识的打坐，打坐是有意识的睡觉。"温和而确信。

奶奶已"晕"，居然不作声，出门遛狗去了。是的，什么也没发生，只是遛狗去了！哈！轩轩的游戏会不会更有趣，其实不是我最关心的；我在意的是：小伙子能不能更舒展地成长，长成他想要的样子？

嗯，答案是肯定的。我确定。

初识中医之美

——记“猫猫婆婆”漆园子的“讲究”

中国传统中医和西方芳香疗法有相似的地方，都是从植物中获取能量，以调整人体的不平衡。只是，我误以为芳疗用的精油香香美美，而中医用的药材苦涩难挨，直到我认识了漆园子。

女儿阿湫喜欢叫她猫猫婆婆，因为每次去把脉调养脾胃，总有一只油光水滑的大黑猫跳上桌来，睁着一双晶亮的眼睛，陪在漆园子左右，安静而深邃地看着阿湫。

猫猫婆婆备的有红枣泡的热水，放温了装在小茶杯里，还有各种自制的小点心，阿湫爱吃，大黑猫有时候忍不住也会凑着鼻子来闻一闻，阿湫不给，慌忙把点心塞进嘴里，腾出来的小手，正好递给猫猫婆婆，好看病。

阿湫怕生，尤其是医生，特别是儿科医院那个半百老头儿，一见面就大喊一声：“哭！哭了我好看舌头！”然后大手一钳，乘势用木片儿压住舌头。孩子惊魂未定，检查清单已经开出来了，还要抽血！3个护士，再加上亲妈我，一起上阵，把她横在案台上，头悬下来，扒开脖子，按紧了，抽！一次不成功，再来二次！护士姐姐们，也非草木，看着孩子撕心裂肺地号啕，也心疼……但这是流程，而且病人那么多，后面还有好些排着呢，一切都得赶快。

在猫猫婆婆漆园子这里，没有这阵势，她总是温和地请求：“阿湫，给我看一下舌头吧。”

阿湫斜靠在我怀里，腻歪了好久，才细声细气来一句：“我不好意思。”

我才不好意思呢，让人等那么久，但漆园子不催，总是好言相劝，温言细语，直到阿湫终于主动把舌头伸出来，末了，还微笑着表扬一句：“嗯，阿湫乖，舌头伸得好！”

一切都看真切了，再折身到书案前，静静地斟酌药方。

漆园子说：“给小孩儿开药方是有讲究的。”这让我想起《红楼梦》里有一回，甚至提到男孩儿和女孩儿开的药方都有区别，说新来的太医给外感内滞的晴雯开药方，药方上有紫苏、桔梗、防风、荆芥，还加了枳实跟麻黄，都是些疏散的药。宝玉看了很生气：“该死，该死，他拿着女孩儿们也像我们一样地治，如何使得！凭他有什么内滞，这枳实、麻黄如何紧得。” 在宝玉看来，这是些“狼虎药”，是不到万不得已不该用的重药——看到这一段，我作为妈妈是有些后怕的，现在的西医多半都是狼虎药，比如抗生素，副作用很大；而中医也渐渐失守，无论是药材的种植，还是对传统中医的坚持。

宝玉的意思，和漆园子的中医理念很有些相似，我虽然是外行看门道，但我能感受得到，在这里：病人的核心是人，然后才是病，病人不是验证套路的大数据，而是一个个有情感、有温度、有故事、有情绪、有个体差异的鲜活的人，是生命，是值得被尊重和善待的，她力求开出的药，更像是饭药，“不常拿苦药喂病家”。

我很喜欢漆园子这次开的药，文火熬煮的过程中，蒸气散溢出来，那味道像是雨后的竹林，间杂有带着露水的幽兰，闻惯精油的我，被这独特的东方气息惊艳到了，好像一次不期而遇的大扫除，把精神上的尘垢清洁一空，我说它拿来做空间调香都再好不过。

空间调香，一般是用精油，但其实大部分精油萃取的过程，和熬中药很相似，把芳香植物放在热水里（有时会混合热的水蒸气），持续加热，唯一不同的是，会通过冷凝管回收升腾的带着香气的蒸气，然后集中储放在一个容器里，由于精油（植物的芳香物质，也是气味的浓缩）不易溶于水，油水会逐渐分层，工人们把上层的精油部分提取，便大功告成。

难怪有的中医生，要病人守着亲自熬药，因为那些蒸气是有能量的，而这样的能量，在熬漆园子的药时，我真切地感受到了，心情莫名地愉悦清爽起来。

心情很重要，记得创始芳香基因学的瓦勒莉老太太，曾画过几个同心圆，最里层的圆是最高意识，第二层是情绪，第三层是心理，而最外层才是身体，也就是说，我们有很多身体上的毛病，其实都很有可能是因为情绪没有及时得到面对和处理，而在身体上有了映射和表达。

阿湫对漆园子的药，没有抗拒的情绪，之前的种种铺垫，让她有了一种信任："我有猫猫婆婆的药，我会好的。"

信任也是一味药，所以，治病救人，是一个系统的工作，而不是几支针药那么简单。

我从来没有细问漆园子是怎样的生活状态，说出来的，永远不如切身感受到的来得真实：她也写东西，她的文字有一种女性少有的硬度和厚度，但背后流淌着热烈而真挚的情感。她喜欢太极，如果上午约不到诊，那一定是打拳去了，打拳回来的路上，还可能摘几朵野花，回家插在花瓶里，生动又带几分野趣。她喜欢传统书画，近来搬家，和书画家黄建华先生做了邻居，她说："老了，活的就是几个朋友。"但最喜欢的是书，"每天要读医书，以及其他的书……读书最重要，一日不可不读书，其他次之”。

身体和心灵是相通的，大概医书看明白了，也懂得了人是怎样一种存在，知道活得“更像一个人”是怎样的状态，她说：“把名利看淡点儿，活得自在最要紧。”这是大实话，其实传统文化里有很多大实话，但真正懂的人不多，能实践的就更少。

自己活得有人味儿，才更能把病人当“人”看吧，我喜欢看完病之后，还能和漆园子闲扯几句，她会把案头上的薰衣草精油翻出来，让我闻“是不是真的”，我也会留心把她的方子存一份，便宜又有效，还可以做熏香。

看病不再是恐怖的事，让我觉得生而为人，很美。

花落了，春天过了……春天没有白白地过了。

花逝情深

——献给刚刚离开的春天

我以为女儿不懂诗，所以，总是以游戏的方式念诗给她听，混个耳熟罢了，直到一个细雨纷飞的傍晚，她站在一树梨花下，跟我讲：“夜来风雨声，花落‘不’知多少……妈妈，花落不知道多少呢，但是它们可以听雨声。”不知是花让她开始懂诗，还是诗让她看见了花。

花落了，春天过了……春天没有白白地过了。

橙花伴梦

每年 5 月，都是橙花盛放的季节，甜橙或是苦橙。它纤细、含蓄，从不张扬夺目，香气也清雅、细致，能不知不觉让人浮动的心，慢慢平静。

精油常取自苦橙花，也延续了这样的特质，温佑君老师在《植物人格全书》中提到：虽和茉莉、水仙（精油）一样，都含有邻氨基苯甲酸甲酯、吲哚等安抚、镇静的成分，但比率很低（0.6%左右），这反而让苦橙花带给人“在不动声色中去改变”的能量。

我想，用苦橙花陪小姨入眠，再好不过了。

也许是治疗的后劲儿有点儿大，也许是感冒雪上加霜，也许是对未知隐隐有些担忧，小姨已经失眠两天了：“再失眠，就到你家来睡了。”

“来！来了我还安心些！”

在小姨来之前，我悄悄地忙活起来：用精油熏香和拖地，外加纯露喷洒做空间净化，把她那间卧室的灯调成橘色，然后滴了一滴苦橙花精油在她的枕头边……等小姨来的时候，这一切的味道，已经很淡很淡了，若有似无。

那天晚上，小姨睡得很好。

“你闻到什么味道没有？”我狡黠地笑笑。

“之前没有闻到，后来似乎闻到一点儿，那个味道好像在拉我沉下去，又好像是在提醒我回到当下，什么都别想，睡觉去……我差点儿连关灯都懒得动了。虽然半夜起了一次夜，但倒头居然又睡着了。”

我很开心，也很感激，大自然有多么神奇而丰沛的馈赠。有人说精油是植物的灵魂，所以，当精油提取后，橙花已逝，但我相信它仍然活着，用另外的形式，照顾和陪伴着我们，让我们不被情绪淹没，也不去预想困境，只是去面对，带着安静的决心。

枣花暖心

红枣也是要开花的，先开花，后结果嘛，但我从来没见过，只听说枣花不开在春天，开在夏天。

枣花蜜，也是第一次吃，在春天。那是朋友存的："我给妈妈留的，不多，分一点儿给你。"

我叫他有蜂君，祖辈追花酿蜜近百年，他说，最好的枣花蜜，产自陕北，自古以来便是贡蜜，黄河沿岸方圆几百千米全是枣花，如此才能保证枣花蜜的纯度，不会混杂其他花种的蜜。

吃过枣花蜜，才知道世间万物真的是有阴阳的。陕北的盛夏，天干地燥，热得连蜜蜂都不爱进蜂箱，而枣花蜜也特别浓稠——极其难采，醇厚深沉，蜜色略呈暗红的琥珀色，和槐花蜜的清凉清透形成鲜明反差。当然，我也是第一次知道：花不同，蜜也大不同，这和不同植物萃取出来的精油，特性功效截然不同一个道理。枣花蜜有一缕淡淡的红枣味儿，调水喝在嘴里，竟能感受到枣花的温度。是的，我确信它是有温度的。所以，中医认为它补中益气、养血安神、护脾养胃、解毒润肺，应该不是空穴来风。

生出蜜来的那朵枣花，应该在去年夏天，早已要么飘零，要么结果了……但它的蜜却温暖了我的整个春天。

我鼓励有蜂君，把祖辈积攒了近百年的经验，都记录下来，那既是家族的故事，也是大自然的智慧；也鼓励他把原本都出口日本的花蜜，留一部分在中国，我做皂需要加蜂蜜，还有很多很多珍惜健康的人也需要花蜜，谁说真蜜就一定卖不过假蜜呢？

玫瑰有情

小可是女儿阿湫心里最重要的朋友，两家世交。阿湫会偷偷摘一朵玫瑰：“我知道你喜欢红色，送给你，小可。”小可也会摘一片树叶作为回赠：“我就知道你喜欢绿色，送给你，阿湫。”

小家伙们有时候会闹点儿矛盾，但并不互相打闹，会用转移去表达自己的生气和难过。远远地看着小可把玫瑰的花瓣一片片地扯下来，生气地扔在地上……阿湫想要阻止：“小可，你不可以。”但一切都晚了，玫瑰只剩下一根光杆子。

阿湫捡起光杆子，追着小可说：“你要向玫瑰说‘对不起’。”

小可不理会，还在生气。

阿湫举着光杆子，挪步到我面前：“妈妈，我们向玫瑰说‘对不起’吧。”

“好，对不起，玫瑰……我爱你。”我似乎从来没有对一朵花，一朵已经香消玉殒的花，如此认真地说过话，但那一刻，我相信，花感受得到，孩子们也感受得到。

小可低着头，声音越来越低地嘟哝着：“是阿湫惹我的。”

“小可，你要跟玫瑰说‘对不起’。”阿湫也温和很多。

小朋友们究竟在闹什么别扭，我不知道；但我知道小可在心里已经说了“对不起”，而阿湫也在心里说了“我爱你”……玫瑰已逝，它用它的花瓣释放了孩子们情绪的乱流，也用它的香韵唤起了爱与怜惜的共鸣。

后记

印象中，茉莉是开在夏季的，但在春天的花市，也开始能看到它们的身影。朋友陪我逛花市，顺便不忘调侃我是个跟凡尘俗世不搭调的“神经病”，还试着循循善诱地启发我：“写那么多文章，要换成钱才好，不然有什么用？”但他在帮我抱着一大束用废报纸随便一裹的茉莉时，也会忍不住闻一闻，轻声地赞叹：“好香！”

因为一句“好香”，我知道他也是一个“神经病”，虽然表面上裹着不合身的废报纸，但内心有一束馨香的茉莉，所以，这么多年来，虽然常常斗嘴，互相调侃，但从未真正走远。

春天也并未走远，它在心里。

孩子们的世界，是充满情感和灵性的，
值得我们珍惜、聆听和保护。

成长手记

童年是一面镜子，写的是孩子，照见的是自己，在照顾孩子的过程中，学习“看见”，学习“尊重”，学习“有趣”，学习“坦诚”，学习“信任”……学习“让自己活得更像一个人”。

童言碎语（轩轩篇）

童言，来自轩轩宝贝那个美丽的属于孩子的世界；碎语，来自我对那个世界的回应和“唠叨”。

第一次问佛

武汉郊外。冬日暖阳西斜，景德寺深山守静。轩轩宝贝拖着我的手，一面张望着古寺琉璃，一面好奇而认真地问我。

轩轩宝贝：“这是谁的地盘？”

小鱼妈妈：“这是佛的地盘？”

轩轩宝贝：“这个年代……还有佛吗？”仿佛他认识佛，但对于这个他初来乍到的年代，他不确定佛是否仍然存在他的身边。

小鱼妈妈：“佛无处不在。”

轩轩宝贝：“那是什么声音？”

小鱼妈妈：“那是在做法事。”

轩轩宝贝：“什么是法事？”

小鱼妈妈：“法事就是人和神对话的方式。”

轩轩宝贝："哦？"依然拖着我的手，静默地望着大殿里正盛装列队做法事的善男信女。

冥冥中仿佛有一个约定，我以"后妈咪"的方式，和轩轩宝贝在"这个年代"重逢。每次我们单独相处时，那些深深浅浅的纯洁的对话，仿佛在悄悄地透露着：这孩子是我上辈子的兄弟，所以，我不由自主地爱他，很爱很爱。

第一次叫妈妈

去荆州亲戚家做客。小傻爸爸在停车，场地逼窄，似乎还要折腾一会儿。我和轩轩在一旁牵手等着……但小家伙有些等不及了。

轩轩宝贝："小鱼阿姨，我们不等爸爸了，先上楼吧。"

小鱼妈妈："不行，我是不会丢下你爸爸一个人的，我要陪着你爸爸。"

轩轩宝贝（短暂的沉默后，小家伙抬起头来，神色认真地对我说）："妈妈！"

小鱼妈妈（蹲下来看着轩轩）："宝贝，你有妈妈，她远在重庆很难得来看你，但你要相信，无论她在哪里，无论怎样，她都是爱你的！要是你叫我妈妈，她可能会伤心哟，这样吧，你可以叫我小鱼妈妈，以示区别。不过，不管你叫我什么，我都爱你！”

轩轩宝贝（又是一阵短暂的沉默，然后轻轻地跟我说）：“小鱼妈妈，我也爱你！”

奶奶曾经因为善意的、恨意的、欲说还休的各种原因，有些“强迫”地要轩轩即刻叫我妈妈，我和小傻爸爸商量着用了各种委婉曲折的方式，回绝了，并且安抚了孩子的疑惑和无所适从。孩子们的世界，是充满情感和灵性的，值得我们珍惜、聆听和保护。现在，轩轩偶尔也会混了舌头，直接叫我妈妈，但我已不再纠正他了——小傻爸爸已经非常真诚而坦白地跟轩轩讲了家里发生了什么，轩轩也非常清楚地知道谁是妈妈，谁是小鱼妈妈——当爱坦坦荡荡地流淌于家庭成员之间时，称呼不过是个代号。

第一次问药

小傻爸爸将贝母和百合混在一起了。周末得空，我倒腾出中药罐子，趁着阳光，趁着安静的心情，慢慢地、细细地将贝母和百合分拣着。

轩轩宝贝：“小鱼妈妈，这是什么？”

小鱼妈妈：“这个白白的，胖胖的，是贝母；这个有点儿黄黄的，薄薄的，是百合。”

轩轩宝贝：“百合？没想到，这么丑的东西，却有这么美的名字。”

小鱼妈妈：“哦！它在晒干之前，是挺美的，晶莹剔透。”

轩轩宝贝：“晶莹剔透？那我们把它泡水之后看看吧！”

小鱼妈妈：“它已经晒干了，再泡水也没有新鲜时美丽了。嗯……你想帮我把贝母和百合分装到不同罐子里吗？”

轩轩宝贝：“嗯！想！但是……我怕弄错！”

小鱼妈妈：“错了又有什么关系呢？起码你有尝试啊！还记得小鱼妈妈说的吗？从不犯错的人，是因为他们从来没有尝试过。”

轩轩宝贝："那我现在就是在尝试哟？"

小鱼妈妈："是的。"

有小家伙帮忙，当然更轻松、更愉快！在一旁熨衣服的小傻爸爸，忍不住停下手里的活计，偷偷地拍照——人有的时候，要的不多，一分宁静，一刻美好，一团家的温暖。

第一次讨价还价

经过商量，轩轩正式担任了我的钢琴老师，关于学费问题，我们有了一次让人忍俊不禁的讨价还价。

小鱼妈妈："每堂课，我付你多少学费呢？ 10块？"

轩轩宝贝："啊？这么多！我不想把你的积蓄都花光了！要不……1块吧？"

小鱼妈妈："1块？那你要凑多久，才可以给自己买生日礼物啊？（我们曾经商量着，轩轩可以自己挣钱，自己送自己一份生日礼物——这也是生平第一次）这样吧，5块！可以吗？”

轩轩宝贝（犹豫片刻）：“嗯……好吧。”

我感受到孩子本性里的善良，或者说，他的世界还没有现实社会里的主流价值观。所以，孩子很多时候是我们的老师，不仅仅是教钢琴，也教我们爱的功课，如果，你愿意聆听。

第一次担待

周末连续两天，我都找各种所谓正当理由，溜出去了，去参加音乐会、研讨会……我也知道，轩轩在家背了两天乐谱，弹了两天钢琴，他大概已经受不了了（到最后，开始对着乐谱歇斯底里地大吼起来），而我……早就受不了了。估摸着，练琴结束了，我才摸回去。

小鱼妈妈：“轩轩，我回来啦！”推开卧室门，宝贝正在一个人读书，抬眼望了我一眼，默不作声，又接着看书。似乎有点儿郁闷，有点儿生气。

小鱼妈妈："怎么了？在生我气啊？"

轩轩宝贝（把书一摆）："我本来计划今天给你上钢琴课的，结果你又出去了，真是的，还学会逃课了！"

小鱼妈妈："你哪儿有时间给我上课啊？你已经背了两天乐谱，弹了两天钢琴了，啦啦啦，咪咪咪……真不知道什么时候可以结束！"

可是很明显，不说真话，是得不到孩子的理解和原谅的，小家伙仍然不理我。

小鱼妈妈："哎！我跟你说实话吧！嗯……还是算了吧。"我怕小家伙串供！

轩轩宝贝（态度180° 转变，半是撒娇，半是哀求地拉着我的手）："哎呀，你说嘛！"

小鱼妈妈（犹豫半晌）："哎……我明说吧，看你练琴，被打被骂，我心里难受，我受不了，找借口出去散心了！"

轩轩宝贝：……

轩轩直到最后也没有说什么，但一切尽在不言中，他一直握着我的手，脸上露出“没有被抛弃”的欣慰，也藏着对奶奶的无奈，但更多的是对奶奶的担待……是的，我从来没见过一个孩子有这么成熟而丰富的表情，他什么都明白，他对奶奶有一种担待。这样的担待，反而让我们这些做大人的，多了一分面对生活的平静和勇气。

第一次考满分

近来，老师时常表扬轩轩的进步，作业本上有老师画的笑脸，书包里有老师发的小奖票，课堂上被安排为同学们的英语小老师，试卷上也出现了第一个满分……一系列小小的“成功”后，小家伙是否还能保持淡定和踏实？难说！

满分试卷，非常显眼地横在客厅桌子上。奶奶当然很高兴，一面表达她老人家对我的感谢和认可，一面要小家伙跟我汇报好成绩。小家伙有些骄傲地说：“让小鱼妈妈自己看啊！”

小鱼妈妈：“哦！ 100 分啊……你自己满意吗？”

轩轩宝贝：“还可以吧。”眼睛里却没有那么低调，巴不得全世界都给他送来鲜花掌声！

小鱼妈妈："嗯，记得以前，你说考 60 分就可以了。"

轩轩宝贝："60 分？那只能算是刚刚及格吧！"这小子，要牛气冲天了啊！

小鱼妈妈："好吧。今天的作业就是改试卷上的错，你不需要改错，就等于没作业了，我们来下棋吧。"

跟小傻爸爸新学了黑白棋，小家伙一学就会，而且自己能悟出奇招，但目前还远不是我的对手。败下一局之后，我再把话题扯回这次的满分试卷。

小鱼妈妈："宝贝，这次得了满分，你是怎样的心情？"

轩轩宝贝："我很高兴很高兴。我想着下个星期，向老师会给我怎样的礼物。他说了要奖励我礼物，我希望礼物很大很漂亮！"

小鱼妈妈："嗯！我很开心，你给我分享了自己真实的心情，这是对我的信任。小鱼妈妈也有几句心里话想要对你说。第一，无论你是考 100 分，还是 60 分，还是不及格，你在我心里的形象是一样的，我对你的爱不变。”

轩轩宝贝：“嗯！”瞬间平静了。

小鱼妈妈：“第二，人生就像下棋，不到最后，你永远不知道输赢，哪怕你现在很有优势；第三，人生就像下棋，不到最后，永远不要放弃，哪怕你暂时落后。”

轩轩宝贝：“小鱼妈妈，我明白了。”平静了，也踏实了。

其实，轩轩无论谦虚，还是骄傲，那都不过是成长道路上的起伏，我对他的爱不会因此而起伏。我跟他说：“小鱼妈妈可能会不喜欢你的某些行为，但会永远爱你这个人。”当一个人面对无条件的爱时，是淡定而自然的，不会为了获得外在的爱与认同，而刻意表现，甚至背离自己，更不会因为某一次表现不佳而以为失去全世界。

第一次失去

卧室外传来婆孙俩的争执声，轩轩哭喊着：“我的小奖票！你把我的小奖票弄丢了！”奶奶没有正面回应，但声音更大：“不要发疯！上床睡觉！赶快！”婆孙俩如此反复，互不妥协！

我有些听不下去，出门一探究竟：“什么小奖票啊？”刚一问出口，奶奶就闪到厨房去了，老人家似乎有些尴尬。

轩轩宝贝：“是老师奖励我的小奖票！我付出很多努力才得到的！奶奶给我扔垃圾桶里了！呜呜……”

小鱼妈妈：“哦！原来是这么回事。好吧，宝贝，首先，我很同情你。同时，代奶奶跟你说声对不起。”停下来看着小家伙的一双泪眼，而小家伙也似乎因为终于得到回应而平静不少。

小鱼妈妈：“其次，小鱼妈妈问你，你觉得小奖票丢了，你自己有没有责任？”

轩轩宝贝（这一问不打紧，小家伙马上泪奔）：“没有！我是放在书包里的，放得好好的！”

小鱼妈妈：“放在书包哪里的？”

轩轩宝贝：“这儿！”小家伙像是在揭发证据一样，马上秀给我看放小奖票的位置。

小鱼妈妈：“嗯，如果我是你的话，对于自己那么看重的东西，一定会放得妥妥的，书包里有这么多的隔间，有拉链锁着，为什么你不放在隔间里，而是任它散落在装书的这层大口袋里呢？是我也会误会这是垃圾啊！奶奶肯定是误会了呀！”给奶奶下了个台阶，也让轩轩再次平静，并开始反思。

小鱼妈妈：“第三，小鱼妈妈想要跟你说，我，还有爸爸，活了几十年了，才发现生命里有很多东西，再美好，你再喜欢，它都可能会因为各种各样的原因失去的，所以，人有的时候要学会放下！

“这个小奖票，是不是你龙志轩自己努力得到的呢？”

轩轩宝贝：“是的！”

小鱼妈妈：“那小鱼妈妈相信，你龙志轩有本事得到这些奖票，就有本事可以得到更多的奖票！我是相信你的！但你如果一直放不下，一直为这些已经失去的奖票哭泣，可能就错过了争取新奖票的机会和勇气！你相信自己可以通过努力得到更多的新的小奖票吗？”

轩轩宝贝：“相信！”他一边擦眼泪，一边回答。

小鱼妈妈：“好吧，先睡觉吧，宝贝。小鱼妈妈也要睡了。午觉之后，我们来玩下棋吧。”

轩轩宝贝：“好！”

这时候，奶奶才从厨房回来，张罗孩子午睡。一贯强势的她，在那一刻有点儿窘，有点儿可爱。

当天晚上，我从《格林童话》里选了篇《自动上菜的桌子和其他》，讲给小家伙听。奶奶在一旁忙活，但也忍不住听得有些入戏。故事结束后，我问："你觉得老大和老二，有什么值得改进的地方吗？"

"他们应该保管好自动上菜的桌子和金驴子，不让旅店老板有机会偷走它们！"小家伙真是活学活用，一语中的。

"很好！你明白了！其实，今天奶奶是给你上了一课，明白不？"

"明白了！"

婆孙之间冰消雪化，已然放下。珍惜拥有的，放下失去的，该吃饭吃饭，该睡觉睡觉，便是活在当下。

第一次想媳妇儿

最初接触时，轩轩内心深处有些怯怯的，而且从不在爸爸和奶奶面前表现出来。只有在和我独处的时候，他会把自己的担心透露给我，他害怕有一天奶奶、爸爸、小鱼妈妈都死了，就没有人陪他了，他也不相信自己很帅很有吸引力，觉得没有女孩子会喜欢他，找到女朋友是件很困难的事情。这里面有对死亡的恐惧，有对自己的顾影自怜。但慢慢地，小家伙被我“调教”得有点儿“臭屁”！

一天，我们一起讨论《格林童话》里那篇《会唱歌的骨头》。

小鱼妈妈：“宝贝，你爸爸不太喜欢这篇故事里的老国王。”

轩轩宝贝：“为什么呢？”

小鱼妈妈：“爸爸认为，老国王怎么能够为了一头扰民的野猪，就把自己的公主嫁给制服野猪的勇士呢？他都没有问过公主的意见，也不管公主和勇士之间有没有爱情。这根本就是一场交易！”

轩轩宝贝：“嗯？”

小鱼妈妈："比如说，如果有谁能把我们家的墙壁重新粉刷一遍，我们将把你送给她，和她结婚，你干不干？"

轩轩宝贝："哈哈哈哈……我不干！"他知道这是一个幽默怪诞的比方，但明白这背后的规则，笑完之后，斩钉截铁地回绝……这与早些时候，被动地认为没有女孩子会喜欢他，判若两人。他开始隐隐地却主动地有自己的选择。"可是……小鱼妈妈，我还不知道以后要找什么样的女朋友呢？"

小鱼妈妈："这个不用着急，慢慢想。不过，我个人意见，不要简单地因为很漂亮，或者像公主一样很有钱就和她结婚——两个人要过一辈子呢！这些东西都不太靠谱。还是得有共同或相似的价值观，有很好的沟通才行。呵呵，就是能聊到一起去，能玩儿到一起去。"

轩轩宝贝："哦……这样的。"若有所思。

小鱼妈妈："以后慢慢想，不着急。"

在传统的教育里，我们追求唐诗宋词的倒背如流，追求各种外语的滚瓜烂熟，追求理科世界的难题攻克，追求一切生存工具的娴熟应用——这都没有错，可是差点儿什么。忙于生存，有的时候是源于内心深处的恐惧，因为恐惧，而忘了唐诗宋词里的诗意，忘了另一门语言背后的文化，忘了理科世界与艺术未必那么泾渭分明，当然也忘了问自己，想要怎样的人生，想要和怎样的另一半走过这样的人生。

所有对于生命的叩问，都可以慢慢想，不着急……不等于不想。

后记

这些“童言碎语”是说不完，也写不完的，择其一二而已——当然，也许我过于乐观，忘了孩子有一天会长大，碎语还在，童言无存。轩轩会有自己独立的人生，他会细细碎碎地和自己的另一半聊下去。小鱼妈妈的话，只是《红灯记》里那碗临行的酒，给予轩轩生命的底气和温暖，以后的路，便要自己走下去，走下去。

要！让生命自由绽放！

腹痛，到医院去检查，结果是怀孕了，孕激素骤然增高而致。生活中，居然突然多了一个小朋友，有点儿欣喜……还没定神，却被医生程序化地问了一句：“这孩子，你要不要？”

“要！”斩钉截铁。不小心当了回上帝，可定人生死。

回头想想，却有种被打回原形后的胆怯，我是谁啊？我有什么权利说不要？小朋友与我纵然因为某种机缘在这个特定的时空交错，却终究是两个完全独立的生命，各自有各自的主题。他来了，说明他已经有了自己的选择，他选择借由我的身体来起动自己的生命，但从来没有授权说我就是他，我凭什么替他说“不要”自己的生命？

最近看蒋勋的《说唐诗》，很喜欢他对《春江花月夜》的评议：春天、江水、花朵、月亮、夜晚，是五个相互独立又相互交错的主题和生命。在唐诗中，生命的独立性是受到歌颂的。而生命也只有在充分的自我的独立性当中，才会去尊重和欣赏另外一个完全独立的，跟它完全不同的生命状态。

所以，当“要与不要”成了一个必不可少的程序时，今天的人们，是否已悄然忽略了生命的独立性？这是否是欲望的另一种延伸，伸到他人的生命里呼风唤雨？又或者，这是否是空虚和软弱的另一种变形，用主宰他人命运来彰显自己所谓的强大，再用他人的生命来祭奠自己在现实生活中的无能为力？

社区门诊里，有位从市立医院退休的妇产科住院部主任，对病员颇有耐心，好心建议我：别急着去做那些林林总总的检查，前3个月，小家伙在长器官呢，检查太多，是对他的打扰。只有那些急着打掉小孩儿的人，才紧着做检查，一旦发现孩子已经从卵巢进入子宫，就马上手术。

背上有点儿寒意。

要与不要的背后，隐藏着多少不为人知的悲哀，多少身不由己的悲伤，多少不由分说的打扰，多少快刀斩麻的杀戮，多少被轻被负的选择，多少不见天日的游魂？

继续腹痛，且见红。于是去问何医生，他在枇杷山已开了几十年的中药铺。没想被骂得完全不敢还口："你耍了几十年，还没耍够啊？！漂流有什么好耍的？！为什么不早点儿来？谁跟你说正常，肚子又痛，又出血，还说正常？！你的脉都在沉了，气都快提不起来了！从现在开始，必须静养，不许劳累，直到3个月！"

想来，多年前，我因为一场突如其来的重病，也到何医生这里来抓药吃，他也没有这么生气过，可能他觉得那次责任不完全在我，生老病死，人生无常；而这次，我多少有点儿因贪玩误事，怠慢了生命——这和他的价值观差距甚远，所以，实在忍无可忍。临走发现我药钱没有带够，却丝毫不怒，让我药先拿走，钱有空来补——这年月，把命看得比钱重要的人不多，呵呵，不要不承认，我们多少都扮演过《三傻大闹宝莱坞》里嘲笑他人或自己梦想的人，可知梦想也是生命力？

蒋勋还说，李白要是活在农业伦理当中，必死无疑。他的叛逆与个性都是农业文化所不能忍受的。武则天活在那样的社会中也必死无疑。儒家最喜欢讲的一句话叫“十目所视，十指所指”，就是没有法律，只是十只眼睛在看你，十个手在指你，你就死了。

但把责任全部推给社会，也是最没有出路的。看得再清楚，还要装一分糊涂；活得再糊涂，还要留一分清醒。我挺喜欢玮玮姐和她的花铺，从第一次看她用女人刷脸的粉刷去刷植物叶子上的灰时，就喜欢上了她，喜欢她如此善待生命……那些生命可以是植物，可以是孩子，可以是梦想，也可以是自己……

她安安静静地刷去植物叶子上的灰，谁说不是在日日清扫心里的岁月之尘？

我大概是个心里积尘太多的人，否则也不会因贪玩误事，好在何医生三服保胎药下肚，痛已消，血已止，重新恢复了精气神，但从此再也不敢自大——在生命面前自大。

让生命自由绽放吧！这句话先送给自己，再送给与我偶然交错的所有生命。

如果爱

如果爱，就要试着“放下”，父母对孩子尤其如是。

电影《泽西女孩》里，小主角格蒂虽一出生就失去了妈妈，但并未因此而缺失爱……妈妈一直活在父女俩的心底，而爸爸对妈妈的爱与怀念，让小格蒂收获了最大的安全感以及人生的第一个信任。有心理学人士解析说：最好的父爱就是爱孩子的妈妈。

中国拥有人类历史上最多的稀有品种——独生子女。所以，中国父母在不知不觉中，自觉“光荣”地忽略着夫妻关系，把孩子当作家庭生活中的唯一重心——甚至，我的婆婆在正式搬来与我们同住之前，她老人家还义正词严地对我提出过这样的期望，或者说要求——这一切，听上去是多么爱孩子，又多么富有牺牲精神。

可是，在孩子们的世界里，他们需要怎样的父爱和母爱呢？在与轩轩的相处与观察中，我越来越坚信：同样的，最好的母爱就是爱孩子的爸爸，哪怕是后妈。当然，并不是为了爱孩子，才刻意去表现对爸爸的爱。真正的爱，是一种流于自然的本能，小家伙们完全有能力判别。

一次早餐，小傻爸爸还在煎鸡蛋，已经吃饱喝足的轩轩在餐桌前看着我喝粥。突然，轩轩神秘地对我说："小鱼妈妈，告诉你一件事情，听完之后，你一定会喜欢我爸爸的。"

"我本来就喜欢你爸爸……嗯，我爱你的爸爸。"

"你比我妈妈还爱爸爸呢！"语气坚定而真诚，可仍然听得我有点儿不好意思。

"你怎么知道？真正的爱，不需要比较哦。"有点儿故意缓和一下自己的心跳。

"嗯，我感觉得到！"

"好吧，什么事情？是想现在就告诉我吗？"

"嗯，你跟我来。"轩轩好神秘，牵着我去他自己的房间，还把房门关上，生怕他爸爸偷听，深呼一口气，配合肢体语言，开始道来："小鱼妈妈，我爸爸小时候好可怜，听奶奶说，他上学的时候比我辛苦多了，每天坐 8 个小时的公共汽车，是那个时候的公共汽车哟，座椅很硬，路又很颠，爸爸又很瘦，把他屁股上的肉都颠散了，最后只剩下骨头了……回家吃饭，刚一坐上板凳，就'嗷'的一声疼得跳起来了！你说，我爸爸是不是很可怜？"

这简直就是一个悲剧到有点儿魔幻的故事，我没有去跟轩轩“计较”每天怎么可能坐8个小时的公共汽车去上学，或者屁股怎么可能颠得只剩下骨头，相反，从这些“走样”得有点儿天马行空的复述里，从轩轩纯净的眼神里，我看到他对爸爸深刻的爱与怜惜，以及对我的期待。

“放心吧，我会对你爸爸好的。”我很认真很真诚地回应着轩轩，当然，这也是我的心里话。

轩轩笑了，好开心好满足，牵着我的手去餐桌，继续守着我吃早餐。小傻爸爸刚煎完鸡蛋，什么也不知道。

在接下来的日子，在孩子需要的时候，我会专注地陪伴，但并不会因此“怠慢”另一半，甚至如果小傻爸爸那天工作很累，需要照顾，需要分担家务，小鱼妈妈会提前从轩轩那里撤退，有时候，正玩在兴头上的小家伙，看着提前撤退的我，也会有那么一些失望……

“你不要吃你爸爸的醋，在我心里，你爸爸永远排第一！”

很神奇的是，轩轩听到这句话，居然一扫愁云，笑容里透着踏实和满足，然后有些好奇地追问：“那我呢？我在你心里排第几？”

“你在我心里是非常非常宝贝的！”没有傻乎乎地去排名，我只说实话，小家伙能感受到我的诚意，乐呵呵地放我走了。

慢慢地，我发现小家伙没有那么害怕一个人独处了。听说，当年小家伙的妈妈从家里搬走以后，他倒是着实害怕了好长一段时间，惹得奶奶莫名其妙：“这孩子怎么了？我只是到小区遛狗，很快就回来，他都在家里怕得要命，怕我走丢了不回来了，以前不这样啊……”

而现在的轩轩，不仅仅是不那么害怕一个人独处，更是渐渐相信：世界上最伟大的爱就是爱自己，一个人最好的伙伴也是自己——虽然第一次听我这么说的时候，小家伙还觉得我简直胡说八道。

父母的相爱，哪怕是后爹后妈，对孩子是最好的爱的示范。但愿轩轩在这些潜移默化的示范里，能越来越多地收获安全感，能越来越内心笃定地爱自己，与自己和谐相处；但愿成年后的他，不会因为眼前的孤独或对未来的惶恐，仓促地为了牵手而牵手，为了结婚而结婚——这不是期待或者要求，只是祝福，毕竟小家伙有自己的人生。

是的，孩子有自己的角色和人生。当轩轩看到妈妈搬走之后，他很可能无意识地把“爸爸快乐”当成了自己的责任，在家里承担了妈妈的角色，但孩子毕竟是孩子，他还不具备这样成熟的知识和心理承受能力，更何况，他还有自己的困惑、孤单，甚至信任的瓦解，长此以往，极可能引发一系列的心理问题，进而影响日后他自己的亲密关系，如：恋爱、结婚……

不过，人生没有一帆风顺，万事如意的，小家伙遇点儿挫折变故，不是什么万劫不复的坏事……如果爱，便有柳暗花明的一天，不管是自己对自己的爱，还是父母之间的相爱，或是家人之间的关爱。

奶奶似乎逐渐从家里的旧愁新恨里缓过劲儿来，一天早餐闲聊时，平静地感叹道：“我从来没有见过哪对夫妻像你们这么和睦、恩爱的，我放心了。”

放心了，也就放松了；只有放松了，才可能放下……放下那些老派的道德标杆，放下对他人期盼的迎合，放下陈古多年的伤痕，放下对未来的怀疑不安，放下对孩子的过分担忧，放下对自己的过分苛求，放下对家人对另一半的无限期待……我承认这有点儿难，不急，慢慢来，如果爱。

慢慢发现，恋情可以是盲目的，但真正的爱情，一定不是盲目的，它是一次又一次的看见。

爱，是“看见”

我等凡夫俗子，曾把诗人的一句调侃，当成至理名言，死心塌地地相信“爱情是盲目的”，甚至还真试图在盲目的追求与被追求中，去实践爱情的纯粹，可惜收获的却是短暂的欢愉和无尽的误解、无措，以及不欢而散。

慢慢发现，恋情可以是盲目的，但真正的爱情，一定不是盲目的，它是一次又一次的看见。

穿梭在成人世界的我们，或多或少都带着童年的伤痕，那些伤痕埋伏在潜意识里，不露声色地影响着我们的喜怒，左右着我们的选择。我们以爱情的名义，去找寻自己理想中的父母。好的爱情是一面双面镜，能看见爱人，也能看见自己，能在看见的过程中去理解、接纳、包容、滋养、成全爱人和自己，让现实父母在童年划下的伤痕越来越淡，甚至消散于无形；而缺乏“看见”的爱情，在荷尔蒙退潮之后，往往是一轮新的更刻骨的凌迟……那些潜伏的痛苦，那些因受苦而变形的灵魂，一定会兴风作浪搅了这场爱情的局，可惜局中人对此视而不见，往往错失弥补童年伤痕的机会，然后带着更深的失望或愤怒，开始新的找寻、找寻……看见，有那么难吗？

其实，并非“看见”本身有多么难，只是在我们漫长的求学生涯里没有“爱”这门学科，当然也就没有人来告诉我们“爱，是看见”，更没有人来引导我们如何“看见”，甚至在我们的成长过程中，有形形色色的成年人，以各种各样的形式教我们“看不见”，因为“看不见”，所以，也没有界限。

有了女儿之后，每天早上只要不下雨，我一定会带她到小区里去溜达溜达，看看树、摸摸草、听听鸟，也见见其他小朋友……我也得机会在这个过程中对“中国式家庭教育”领教一二。

曾偶遇一位60岁左右的爷爷，带着1岁零3个月的孙女。在冬日的阳光下。爷爷心情好像不错，跟我抖落起自己的育儿经：“我让她做什么，只要数3声，3声后不动，我一定会打得她触及灵魂深处，脸被我打肿了冷敷过，嘴也被我打翻过……家里人说我性格古怪，我看是他们溺爱！她哥哥5岁了，也是我带大的！来，唱个歌给阿姨听，一闪一闪亮晶晶……快唱，快！”自始至终，爷爷似乎很平静，平静得没有任何表情，那让人有些发抖的平静里还有隐隐的自豪。

我却很难平静地继续欣赏他的“作品”，是的，这孩子是他的作品……退休后的生活多么寂寞，没有舞台，没有秀场，没有人看见，只有这个孩子是他的全部功课，可不能做砸了，要完美，要见得了人，要上得了台面；当然，大部分时间里，这个孩子也是他唯一的观众，唯一的可以发号施令的下级。所以，一不小心爷爷忘了，这个孩子也是一个人，一个不同于他的“别人”。爷爷看不见自己的寂寞，也看不见眼前这个没有桌子高的小小的“别人”。

同一天下午，我家大儿子轩轩也被奶奶痛打了一顿，原因是即将参加兴趣班音乐会的轩轩，在背乐谱的时候出错，而且据他自己讲确实太困差点儿睡着了。可是，音乐会对于一辈子要强的奶奶，是多么了不得的事情。所以，不能错，不能困，更不能说不喜欢钢琴，否则就是丢她的脸，要她的命。

又是一夜无眠之后，我放下了对奶奶的情绪，我突然看到她的心里也住着一个无助的孩子：奶奶的童年，有一个暴脾气的妈妈，只要自己动作稍慢，这个暴脾气的妈妈顺手飞过来的可不是耳光，而是厨房里的菜刀！菜刀！当一个孩子在连生存都无法保障的时候，她是多么无助，好像一颗寻找阳光的种子，奶奶自童年起终其一生，都在竭尽全力地用自己的方式追逐爱，她多么希望被人看见，终于在退休之前获得了世俗意义的成功和被看见。然而，退休之前，有多热闹，退休之后，就有多寂寞……好容易有了孙子，有了一个新的据点、新的奋斗目标。谁又能说她不爱自己的孙子呢？她只是不知道，真正的爱是可以自给自足的，真正的爱不是“因为你优秀，所以才值得”的公式，真正的爱不需要那么拼命地追逐。她只是不知道而已，所以，她在有生之年一定要教会轩轩“追逐”的本领。

初为人母，我能做什么？当我不能改变奶奶，当我不能时时刻刻庇护轩轩的时候，我能做什么？看见，还是看见……在处理好自己的情绪之后，一如既往地温柔地待人待己。

静下来跟轩轩聊天的时候，我情不自禁地提到这个话题：“每次你被奶奶骂，被奶奶打，我都很心痛，爸爸妈妈在跟奶奶沟通的问题上，也很无力，没有很好地保护你，对不起。”

本来还嘻嘻哈哈的轩轩，立刻垂下脑袋，哭红了眼睛，我的只言片语似乎说到了他的心里。调整些许，小家伙的回应让我既感动，又意外：“爸爸妈妈的无力，也是可以理解的，我并不会因为你们的无力，就不喜欢你们。”

这一次，流泪的是我。

“哈！小鱼妈妈，别哭啦，待会儿爸爸看到，还以为是我欺负你呢！”小家伙迅速调整气场，反过来安慰我。

孩子们都好了不起，他们是老天爷派来的使者，教我们重新学习如何去爱，如何去看见。

日本电影《被嫌弃的松子的一生》中，松子的作家男友八女川站在疾驰而来的列车前自杀，遗言是“生而为人，对不起”。这也是日本著名作家太宰治的真实自杀遗言——极端忽视，导致极端的不存在感，致命的羞耻感……从来没有被爱看见，于是存在本身也成了一个错误。

我希望，这样的家庭悲剧不要继续传承；我希望，至少从我做起，别再毫无觉察地伤害孩子们，别再无视孩子们内在的灵性而执意按我们的期待塑造他们，别再毫无界限地认为孩子们不过是我们手脚的延伸，别再高傲地以为跟孩子们道歉是一件多么丢人的事情。多一些看见，未来的成人世界里，就可以少一颗坚硬却千疮百孔的心。

爱，是看见。

我相信一个在成长过程中累积了更高自尊的人，能拥有更多直面生活的勇气和耐心，也能享受更多的幸福和平静。

那些遗忘

难得冬日晴天，暖烘烘的阳光把窗外的绿叶晒得泛光。一家老小，像过节一样，雀跃着要去公园走走，出门前各种“武装”，应轩轩要求，我们还带了速写本和彩色铅笔——公园里写生用。小家伙认真告诉我，户外写生，是寒假美术作业呢！

轩轩上小学之前，几乎从没有受过美术方面的熏陶或锻炼，这一度让他很有挫败感，其他同学的画可以上墙展示，他的画似乎被视为垃圾，永远扶不上墙，垫桌子还显小。过早享受“小神童”称号的他，开始用排斥来自我保护：“我最讨厌上美术课了！”

“这怕什么呢？小孩子想象力和画画的潜力，比大人强多了，你们的美术老师挺会引导的，你只要有人引导，大着胆子画，以后肯定比小鱼妈妈画得好！”

“真的吗？！”沮丧的眼睛突然有了光彩，认真地等待着我进一步的回应和肯定。

“那当然了！”我斩钉截铁。

从此，轩轩有了变化，他把自己的想象世界，都画了出来……大人们无法用像与不像去评判他的画，因为那本来就是一个属于孩子的想象世界，他在这个用想象构筑的真空地带恣意发挥，居然自己设计了一本“游戏书”，各种人物、程序、装备、关卡、规则……凭着这套设计，因先天哮喘一向被限制活动的轩轩，有了一个让脑力奔跑的操场，有了一个不用大汗淋漓就可以尽兴的新玩法（一旦大汗淋漓，就会被急疯了的奶奶臭扁一顿），有了一群排队企盼玩上一局的同窗小粉丝。

而写生是头一次——能自己主动提出来，在我看，是个了不起的进步，是自信心的复活，也是对新东西的渴望。速写本和彩色铅笔，我准备了两套，我要陪他一起画——美术方面，我不会引导，我也不懂，但我懂得什么是陪伴。

鸿影湖边，稍作休整，我俩就倒腾起来，煞有其事的样子，惹得过路的游人也好奇地张望一番，没有评说。所以，我俩也无所谓献没献丑，自己投入而安静地画着。

奶奶和爸爸，享受了阳光和零食之后，也忍不住过来打探。

“这画的是什么呀？”小傻爸爸问。

“蓝天、湖水。”轩轩如实相告。

“湖水不用涂这么满呀！你看，你把铅笔都涂断了。来，你看我给你画一个。”

我莫名心里一惊，但想着兴许小傻爸爸也来了兴致手痒呢……让他画吧。

没有观摩到一分钟，轩轩就自顾自地玩儿去了，他有他的世界。等爸爸尽兴后，轩轩回来接着画……可是，没画几笔，奶奶又来了“兴致”。

“你画的是什么鬼啊？湖水是这样一个圆疤疤吗？哎呀，你不要乱涂，你把笔和纸都浪费了！你看，你看，这孩子这么浪费！拿过来，奶奶教你画！”

奶奶在幼儿园待过，自然懂得一点儿简笔画，画着画着怕是心里还真有了点儿遥想当年的快乐和满足，那片刻，我真不忍心打扰她老人家……但奶奶同时是一个极其负责的人，时不时地回到现实，对着老是想逃开的轩轩狂喊：“你给我过来，看我是怎么画的，你画成我画的这个样子就可以了！”

终于，奶奶也完成了“大作”，可是轩轩却再也不愿意继续他的蓝天湖水了——第一次写生就此夭折。

“你被打击了呀？所以……不想画了？”我靠着他，小声地问。

“嗯，是的！”

“小孩子和成人的视角是不一样的，其实，我挺期待你把这幅画完成的。”我试探着鼓励道。

小家伙摇摇头……

“好吧，今天不想画就不画了，画画也是需要兴致的。太阳快下山了，我们走吧！”

那天下午的写生，奶奶、小傻爸爸、小鱼妈妈，各画了一幅，而真正的倡议人，真正需要交作业的轩轩，却没有完成。

在公园的环山桂香路上，看着轩轩和奶奶嬉戏的背影，我故意放慢脚步，轻轻地对小傻爸爸说：“我们都不是画家，谁也没有画得多么好，未必一定要画成我们画的样子才算可以，小孩子完全有潜能去超越我们，否则，人类怎么进步？我们需要做的是陪伴，而不是替代，毕竟，这是他的作业、他的人生。做家长的，往往很着急，急着让孩子变成自己想要的样子，如果孩子没做到，就催着他们变，甚至干脆替孩子们变……一不小心就忘了，这是需要过程的，欲速则不达啊！”

的确，在成长的过程中，很多东西被悄然遗忘了。也许是社会竞争氛围使然，也许是大环境下成人自身的不安全感怂恿，家长们总是在技能层面对孩子们殷切期望，急于求成。于是，有时甚至忘了，他们还是孩子，或者，这还只是他们的第一次。

而在心灵层面，似乎又常常忘记孩子们已经渐渐长大，他们也有自己的自尊。

一次，轩轩上厕所，顺手把厕所门关上了——我不知道这是不是他第一次有意识地关厕所门，但这立刻引起了奶奶的“抗议”。

“你上厕所，关什么门啊？”喊声中带着制止。

“上厕所是要关门啊！就算鸡鸡不被人看见，屁屁被人看见，也不好啊！”轩轩很平静很沉着地回答。

“你是小孩子，怕什么被看见？！”听语气，奶奶也认了真。

“哈哈哈哈……轩轩，你要关就关吧。”我故意放声大笑，缓解气氛，不让奶奶尴尬，也明确肯定轩轩“上厕所要关门”的主张。

记得《不能承受的生命之轻》里，女主角特蕾莎有过这样的童年遭遇：母亲禁止她洗澡时锁上浴室门，并明确告知小特蕾莎的身体和其他人一个样，所以，没有权利觉得羞耻，没有理由掩着藏着……哪怕继父总是在她洗澡的时候往浴室里闯——这一切多少促成了长大后的特蕾莎生命里的第一次也是相当重要的一次出走，走出这个灵魂无处安放的肉体集中营；但出走并不意味着灵魂的彻底解放，那些潜伏的成年往事，时不时地就会扣动扳机，与当下联结，让特蕾莎纠结和痛苦。

当然，小说中的母亲如此行为有其更深的心理动机。奶奶不是小说中的母亲，轩轩也不是特蕾莎，但现实生活里，我们谁都不是旁观者。生命中孰轻孰重的叩问，未必显得多余，我不想诋毁技能发展的重要性，但我更不想因为“遗忘”而忽视或侵犯小孩子作为“人”的权利和尊严，不想孩子们日后在成人世界里沿袭这样的“健忘症”。我相信一个在成长过程中累积了更高自尊的人，能拥有更多直面生活的勇气和耐心，也能享受更多的幸福和平静。

有朋友问：“如果你老公洗碗洗不干净，你会怎么办？”

我说：“其实同样的，别忘了顺手帮他一把，别忘了他可能是生平第一次洗碗，别忘了他不是傻子而洗碗这种非技术活早晚会有进步，更别忘了他工作辛苦一天还要帮忙刷锅洗碗是为了什么……而最后这一点，才是真正值得我们去珍惜和感激的重点。”

童言碎语（阿湫篇）

1

自从有了阿湫，我上厕所就不再是一个人了……小一点儿还只能坐儿童推车的时候，她会用哭声要求我把她一并推进厕所；大一点儿会走路了，她会自己挤进来。

妈妈："妈妈上厕所，你就在外面等。"

阿湫："不要！外面没有妈妈。"

拼命挤，门开。

无奈，让她围观。

小家伙一边围观，一边和我搭讪。

阿湫："妈妈离开湫湫，湫湫会哭的。"

妈妈："哦！不过有一天，可能是阿湫离开了妈妈，妈妈会哭的。"

阿湫："那我们可以一起去他方吗？"

妈妈："他方？"小家伙才刚会说话没多久，突然来一个这么文艺的词，我着实意外。

阿湫："他方！"

妈妈："嗯，可以啊！不过，也有可能阿湫长大了，去了他方，妈妈还在故乡。这样可以吗？"

阿湫："可以！"

妈妈："那我们就分开了哟？"

阿湫："嗯，可以。"

妈妈："你的意思是说，在你小的时候，妈妈不能离开你；但是长大了，你可以离开妈妈。"

阿湫："是的。"清澈无邪的眼睛。

妈妈："好吧，妈妈答应你，在你小的时候，一定不离开你。"

阿湫扑过来，一把抱住我（我就知道，有她在，上厕所都不清静）。

原来，阿湫那么小，就知道有一天她会远走高飞；而我，在她那么小的时候，就清楚有一天她是要远走高飞的……但，如果爱是确定的，也没什么不好。

2

一到夜晚临睡，一床的人都有点儿"肉麻"起来，爸爸会来亲妈妈，说："我爱你，晚安。"而阿湫就会有些吃醋，用小手挡着妈妈的脸，不让爸爸靠近。爸爸不依，亲完妈妈，再重重地在小朋友的脸上来一口：“我爱你，阿湫，晚安。”阿湫浅浅地笑，伸手把我的脸翻过去，正对她。

妈妈：“我爱你，阿湫。”

阿湫：“我爱你，妈妈。”

妈妈：“晚安，阿湫。”

阿湫：“晚安，妈妈。”撅着嘴，对我亲个不停。

这是最简单的对话，但是每晚都上演。爱，是日常。

3

我一般清晨起来练琴，趁阿湫还没有醒。但有时候手痒，白天趁阿湫安坐院馆看书时，我也会弄琴……但通常没多久，阿湫就会来凑热闹。

妈妈：“这是妈妈的琴，你弹自己的琴嘛。”

阿湫起初还算听话，拉出琴凳，费力地爬上去，把哥哥的钢琴打开，把故事书架在上面，假装是琴谱，开始弹琴。弹了好一会儿，又忍不住来看我。

阿湫："我要弹……这是什么？"嘟着小脸，指着古琴。

妈妈："这是古琴。"

阿湫："我要弹古琴！"

一次，偶遇古筝，我把阿湫抱近了，让她拨弄着感受一下。弹了一小会儿，她挣脱着要走。

妈妈："学不学古筝啊？"

阿湫："不学！"

妈妈："为什么？"

阿湫："没有古琴好听。"背着小手，踱步走开。

阿湫那么小，古琴那么老，我不知道他们是何时看对眼的……也不知道，阿湫以后是否真会习琴，不强求，但这是一颗种子，做父母的只需要给一片沃土就行，花开花落由他去。

4

阿湫喜欢听我给她讲几米的漫画，在《拥抱》那一册里，有各种内心的独白和缠绵的对话，我模仿书中猫头鹰的腔调，也和阿湫对起话来。

妈妈："张开眼睛看清楚，有没有人比阿湫，更可爱？"

阿湫："没有啦！"浅浅地笑。

妈妈："有没有人比阿湫，更聪明？"

阿湫："嗯……没有啦！"还是微笑。

妈妈："有没有人比阿湫，更漂亮？"

阿湫："嗯，有啦！"

外公一直说阿湫长得不好看，没想到小家伙铭记在心，但一副欣然接受的样子。这一点，阿湫比我自在，外公也一直是这样说我的……从小听到大的话，大多会刻进潜意识里，以至于多年来，我对自己的外貌是不接纳，也是不自信的。有一次上萨提亚的个人成长课程，贝曼老师让同学们凭自己的感觉，站到自己喜欢的人面前，我下意识地想跑到那个我认为最漂亮的女子面前去（这也比较符合人心里缺什么，就追求向往什么），但还没来得及，我的面前已经"唰"的一下排了一串人，堵了我的去路。那一刻，我惊呆了，原来喜欢一个人和他是否长相完美，没有必然联系，所以，放下完美，回到人的这个层面，我们只追求美，呈现美，而美是丰富的、多面的、包容的、有爱的。

妈妈："有没有人比阿湫更幸福啊？"

阿湫："没有啦！"突然兴奋起来，仿佛全身每一个细胞都咧开嘴在笑。

其实，除了漂亮这一点，阿湫在其他方面似乎没有比较的概念，也因此容易快乐，所谓"无比快乐"，大概有这层意思。她的幸福是真实的……

5

妈妈："幺儿！"

重庆人说，百姓爱幺儿，所以，幺儿也常常是重庆人来表达爱的一个特称。我想，在那一刻，我的每一个细胞都在说："我爱你！"

阿湫："幺儿妈妈！"

阿湫显然不懂什么是"幺儿"，但似乎又完全明白什么是"幺儿"，她感受到的"幺儿"，就是爱。这也给我一个启发，很多时候，说话时的态度，远比内容更重要。

6

阿湫：“妈妈，给我换个爸爸吧。”

妈妈：“为什么呢？”

阿湫：“爸爸老是凶湫湫。”

妈妈：“哦！吓着你了，是吗？”

阿湫扑进我的怀里，委屈地点点头。

妈妈：“爸爸刚刚担心你快掉下去了，很紧张你，不是真的凶你哦。如果你觉得爸爸这个方式不好，那就给爸爸提意见：‘爸爸，温柔一点嘛。’嗯，阿湫，如果你有什么做得不对，我们什么都不沟通，也把你直接换了，你会不会伤心？”

阿湫：“会！”

妈妈：“你把爸爸换了，爸爸也会伤心的……嗯，那你还换不换爸爸？”

阿湫：“不换了吧！”

妈妈：“记得有问题要沟通，沟通很重要的哦！”

小家伙似懂非懂地点点头。

7

阿湫："妈妈，春天来了，我们要买风筝，还要买棒棒糖！"

哦！真的，春天来了，人是需要仪式感的，快乐也是可以创造的，小朋友天生就懂。

8

妈妈："阿湫是只猪，阿湫是只猪……"渝版 rap，自娱自乐不自知。

阿湫："妈妈，你不可以……这样……说！"小朋友说话迟，这句话对于她，似乎很长，得分成几段才能说出来。

妈妈："哦！对不起，我错了！"才意识到自己刚刚在说些啥，"那阿湫是什么呢？"

阿湫："阿湫是龙荟雯。"

平日里，我们绝少提她的大名，她是怎么知道并且记住的，我一直很好奇。但有一点，我知道，孩子慢慢在长大，不仅知道自己有大名，也知道提意见"不可以这样说"，不管对方是妈妈，还是身高接近她两倍的"巨人"。

9

阿湫："妈妈，湫湫要拉尿尿。"

妈妈："就拉尿不湿里呗。"我也在拉尿……小家伙真会凑热闹。

阿湫："不要！湫湫长大了，不能这样，要坐小马桶。"

妈妈："好吧，我帮你脱尿不湿。"

每个生命都有自己的节奏，我从来没有把屎把尿，我相信她总有一天能自己搞定屎！尿！屁！这种事情，不用焦虑，尊重她自己的节奏就行……果然，她长大了。

10

3 岁以后，阿湫的语言逐渐变得丰富；于是，我和阿湫多了一个仪式，每晚临睡前会感恩。不过，遇上不顺心的事情，我容易忘了这一出，但阿湫不忘。

静夜，无言，内心却翻江倒海：阿湫爸爸刚刚被调往外地工作，适应还需要时间；而我自己，一天下来，各种挫折挑战，仍在搅动着神经。

阿湫："妈妈，我们要感恩。"躺在我身边，她用小手摸着我的脸。

妈妈："感恩什么呢？"

阿湫："感恩爸爸在很远的地方工作，支持我们生活（这句话原本是我教的，但只一遍，她就记住且深信不疑）；感恩Magic妈妈（幼儿园的老师，她都以妈妈相称）教我学英语；感恩罗妈妈给我做粑粑吃；感恩莲妈妈带我去游泳；感恩妈妈给我讲故事……"这孩子今天话特别多，还没等她说完，我已经热泪盈眶。原来今天，即便是各种不如意的今天，仍然有那么多值得感恩。

妈妈："妈妈也要感恩阿湫，给了我很多很多陪伴，温暖又快乐。"

阿湫："我爱你，妈妈。"

妈妈："我也爱你，晚安。"

阿湫："晚安。"又翻来覆去亲个不停……

11

阿湫想吃橘柑。

轩轩："已经没有橘柑了，先生。"

阿湫："我不是先生……妈妈，哥哥说错了。"

妈妈："哦！那你不是先生，是后生吗？"

阿湫：“不是。我是女生。”

爸爸：“女生和男生有什么区别呢？”

阿湫：“男生有雀雀，女生没有雀雀。”阿湫解释得极其认真，但一家人还是笑成一团。

妈妈：“嗯，不错，阿湫说得很好呢！”

3岁以后的阿湫，变化很大。自己上厕所，自己洗澡，还叮嘱我们不要看，把门关上。

门关上，没什么不好。只要心门还开着。

后记

阿湫说话迟，3岁以前不怎么爱说话，但内心是丰富的。平等相待，才是她需要的方式。很多人觉得，0—3岁是没有什么记忆的，无所谓的。

其实，即便是我不记录下来，那些记忆也会刻录下来，不在意识层面，但在潜意识里，在细胞里，悄无声息地影响着她日后的各种行为模式。我愿温柔地待她，望她长大后，温柔地对待自己，和这个世界。

可是，这一世，除了孩子，我们还能留下什么？

那一世的琴声

立冬前夜，细雨密织，阿湫随爸爸，乖乖待在车里，等我下课。

见面第一句话：“妈妈，姨婆呢？”

她知道，这是我习琴的地方，在这里，一定会有姨婆，就是我的小姨，也是我在古琴课堂上的文学老师。

我知道，阿湫向来认生，这个见面不多的姨婆，一直是她回避的，曾几何时，她躲在我的身后，怯怯地看着热情的姨婆，甚至坚定地拒绝进姨婆家的大门，不要抱，不要亲，最好都不要看……

只是一次古琴课——唯一一次破例，带阿湫一起去上课，一切都变了。对我而言，那堂课，完全白搭了；对阿湫而言，她似乎因此记住了《归去来辞》的琴声，也记住了琴桌边的姨婆，更准确地说，她仿佛认出了姨婆究竟是谁——很奇异又很模糊的一闪念，我不确定，直到大卫从苏格兰赴玄默空间小聚的那个晚上。

大卫在苏格兰一个老图书馆工作多年，大概心底还住了一个很中国的老灵魂，对孔子、陶渊明、苏东坡……通通不陌生，让客串翻译的我省了不少心。玄默空间的主人黄建华老师给大卫介绍古琴历史，顺手指着身边的一张断纹斑斑的琴说："这张琴有200多年的历史了，清朝的，我们今天弹它，听到的声音大概和200多年前的一样吧。"

我心里莫名一颤。

在阿湫心里，那一曲《归去来辞》勾起了哪一世的琴声？是否因为琴声，她想起了自己和姨婆的前缘，认出了住在姨婆身体里的灵魂？所以，每当《归去来辞》的琴声响起，她总爱问："妈妈，姨婆呢？"

不知道那一世，她们是如何听琴的，是否像大卫来访的这天晚上，桌上有独创自制的点心，有正山小种的红茶，有熨帖人心的座笺，有主人随心而作的书画，有诗词歌赋背后的探寻，还有断纹密布的古琴……又或许，什么都没有，安贫乐道，只有门前的五棵柳树，只有东篱下的点点菊花，纵有"猛志逸四海"，但决不出卖心底最本真的声音，哪怕退居山野，只给世人留下一汪清水，也足以回味三生。

一次和闺密素素聊天，偶然问道："更深层次的死亡是什么？"

"是这个人什么都没有留下，好像从来就没有存在过。"素素看着我的眼睛，屋子里静得让人竖起了汗毛。

“所以，大多数人要留下一个孩子？”

……

可是，这一世，除了孩子，我们还能留下什么？让相识的灵魂，在千回百转之后仍能认得彼此的模样，灵魂的模样。

早上起来，一面给阿湫穿衣服，一面自言自语：“最喜欢的《酒狂》居然缺课，这怎么补得上？”

“找姨婆！”两岁半的小屁孩，如此无缝对接，简直逆天了。不过，确是好主意，我可以补课练琴，而于她，也许会是一场温暖的久别重逢吧。

是的，每个人都有自己立场和节奏，立场有意，而节奏无形。有趣的是，很多时候恰恰是无形的东西左右了整个事情的走向。

有多少被误会的叛逆期？

身边有妈妈感叹：“生了孩子后，似乎很多东西要推倒了重来。”我深以为然。“叛逆期”是我第一个要推倒的。至少，从我的体验看来，孩子们逐渐长大，他们当然会有一些“和你不一样”的方式来探索这个世界；而“叛逆期”这顶帽子，更像是大人们无法接受孩子们逐渐长大的事实，固执守着自己的立场，踩着自己的节奏，然后指着孩子的鼻子，大喝一声：“怎么，跟老子反着来？！”

是的，每个人都有自己的立场和节奏，立场有意，而节奏无形。有趣的是，很多时候恰恰是无形的东西左右了整个事情的走向。回想一下，有没有觉得，无论是同事，还是伴侣，或是孩子，如果和你的节奏不太一致，就难免抓狂？比你慢的，让你着急；比你快的，让你不安，甚至有逼迫感……而如果你正好是那个占据权威地位的人，就会指责对方是“老棉裤”，或是“赶着去投胎”，总之，跟你不搭调。

孩子往往比我们慢，阿湫也不例外。我一度觉得这孩子是不是到了叛逆期，当然，如果阿湫会表达，她可能也会说我是不是更年期提前。反正，每天刷牙的时段，她爹总能在洗手间门外听到我们娘俩的拉锯战。

“快点刷啊！拿着牙刷看什么看？怎么老是玩水啊？你怎么把水洒得到处都是？怎么把衣服也打湿了？真是讨厌啊！不要刷了！滚！出去！”

不要意外，这也是我。我并不是一个随时都温柔以待的妈妈，我讨厌阿湫磨磨蹭蹭半天刷不好牙，耽误我休息；也讨厌她把自己弄得跟从水上世界捞出来似的，这又得增加我额外的工作——对于习惯早睡早起的我来说，晚上的能量开始走低，能量低的时候我会急躁，而且一点就着。

阿湫在“滚”出去之前，通常会把漱口盅里的水泼得再高些，然后头也不回地扭身走了，有时还会丢下一句：“凶得很，我要到外公外婆那里去！”

外婆听闻这样的话，既得意又高兴，第二天就把阿湫接走了。临走前，阿湫利索地跟我道别：“See you（再见）！”那语气，没有怨，但有种“你冷静一下吧”的意味……

我心里暗自回应一句：“我冷静个屁！”

不过，这是阿湫出生以来第一次主动离开我，就这样走了，留我在原地……关门那一刻，有一点儿小小的失落，但很快，心越来越安静，似乎家里空气都变慢了，我才发现自己好多年都没有享受过这样的独处了，就这样无所事事地和自己待一会儿，不用打仗似的盘算着下一刻又要干什么。

当节奏变慢，我才开始感受到自己的存在，也开始承认：阿湫并没有我想的那么讨厌……孩子当然是喜欢玩水的，我小时候也一样。

如何在天性和规则之间找到界限，把握平衡？我……没有答案。

原定在外公外婆家小住 3 天，但不到 24 小时，我们开始思念彼此，见面的那一刻，小家伙浅浅地一笑，扑进我怀里。

她还爱我……趁她还爱我，我想好好探索一下“答案”——老天爷是一盏看不见的阿拉丁神灯，你一旦笃定地许下了愿望，他就会有各种奇妙的设置，帮你达成所愿。

小插曲来得很快，我居然把自己锁在门外了。别无他法，干脆到阿湫幼儿园去，等着她下课，也等着她爹下班回家开门。等待的时间并不枯燥漫长，随手从书架上抽出一本《孩子，把你的手给我》，端了小板凳，在隔壁的空教室靠窗坐下，伴着孩子们英语课上此起彼落的游戏声、欢笑声、稚嫩的英语声，走进书里的世界。

那是另外一个世界：一个母亲在校园开放日旁听孩子上课后，完全被震惊了，整个过程中，没有一个人笑过，没有一个老师对孩子们表现出欣喜，也没有一个老师尽力鼓励孩子……更多的是寒意刺骨的情绪裹挟着侮辱、命令、催促、胁迫……像一次带着残酷企图的强力入侵——对孩子们的强奸。而且，还要求孩子们做出回应。对于强奸，只有一种合适的回应：女人们是夹紧双腿；孩子们，则是封闭心灵。

合上书，我心里有点儿打战。

孩子们依然在隔壁教室享受着 Magic 妈妈（孩子们都爱这样称呼她）的英语引导，没有谁叛逆捣蛋……那一刻，我突然明白：因为，没有谁侮辱和命令，也没有谁被侮辱、命令、催促、胁迫。

是的，小家伙们长的不仅仅是身体，他们作为“人”的意识也逐渐发芽——没有“人”喜欢被压制，若觉得小家伙们的反抗是“叛逆”，我想，你可能有些自以为是的误会。突然被 Magic 妈妈的课堂感动到，我知道自己的孩子在这里被如此的尊重和善待，无法言说却隔着一面墙也能感受到爱的流动。

爱是唯一的答案。

如何去爱，如何不带暴力地沟通，其实是需要学习的，趁孩子们还爱我们。捧着书的感觉真好，作者像一个温厚的长者，细细道来如何与孩子们有效地沟通，即便是表达愤怒，也可以不用那么野蛮和混乱；当然，偷空捧一下书的另一个好处是，可以让自己停下来，休息片刻，只有照顾好自己，才可能照顾好孩子。

那天晚上，洗手间里破天荒地没有“拉锯”。改变，从家长开始，而不是从孩子。

“阿湫，水不可以洒在台面上哟。”温和而坚定，清晰地表达了自己的期望，却没有了从前的质问和指责。

阿湫点点头，仍然会玩水，但她非常清楚限度在哪里，从头到尾，居然没有洒一滴水在台面上——简直让我欣喜！

“阿湫很棒哦！一点儿也没把自己弄湿，台面也很干净！”

小家伙依然浅浅地笑，自己钻进睡袋，准备睡觉。

……

晨起，给阿湫换衣服，她竟然光着屁股滚下床，跑到窗边，伸出小手，使劲儿拉窗帘：“阿湫换衣服，羞羞脸。”

哦！她真的长大了，一步一步长大成“人”。

五味随笔

活过、爱过、写过

——这大概是最好的注脚。

城外的近邻

我是听市声长大的。大学，却是在一个距离市区三四小时车程的小地方。刚来时，总感触《公寓生活记趣》中的一句话："长年住在闹市里的人大约非得出了城之后才知道他离不了一些什么。"又长些日子了，才发现，城外有些东西也是城里人久违的。

校内有处桂花园，并不惹眼，却安安稳稳地住了很多户，都是些和学校远近有些关联的人，少有纯粹的租赁户。院门口有株年迈的桂花树，盘曲地生长着，掩着园内那栋翻新的老房子，桂花园想必因此而得名。往里走，更多的大树生着密而高的枝杈，默默地投下一片绿荫，也撒些枯叶下来，供守旧的老人一筐一筐地捡了去生火。生出的烟，有点儿柴香，母亲说，那是当知青时的味道。

母亲是半年前来的。为了我的病，撇了家，到这个人地两生的地方来另起炉灶。落脚的地方，正是桂花园。缘此，我也逐日融入了这里的生活，感受了小地方的人心。

同院的陈家媳妇，是个地道的农民。长得不甚好看，吊梢眼，尖突嘴，那张脸似乎总也洗不干净，笑起来可以掉渣，那笑却是干净的。自己有块豆腐大的自留地，是变了花样来种的。

一年四季都很细心地忙碌着。那点儿菜，是不卖的。每到收获时，她会挑拣最嫩的，满满一怀，不动声色地送到我家，放下就走，也不管人要不要，她只知道我喜欢吃。那一刻的默契和温暖，是阳台上插了铁纤子，门口挡了铁大门的城里人再难体味的。母亲也“不依不饶”，翻出当年下乡时的看家本事，一逮着机会，就追到“豆腐地”，死心塌地地帮忙，顺道跳一场“丰收舞”，其乐融融。

陈家媳妇的婆婆，却是个有些书香的人，轮廓清秀，温文有礼，因为心思细敏，说话也是柔声细语的。自从学校退休后，身子逐日弱不禁风，所以很爱看《健康报》。中午，四邻都午睡的时候，她便搬了小木凳，独自坐在家门外的通廊上，安静地读报。那情态， 竟有一种安详的美，可以沉淀人心。逢着对我身体有益的小单方，她总是仔细地收理着，一并送过来。前些日子，父亲旧病复发，母亲风风火火地赶回去了，陈家婆婆对我更是多了一份心。那天，特地赶早于我每天晨练的地方会我，不为别的，她想照顾我的伙食，煮鸡蛋、蒸鲫鱼是不嫌麻烦的。她说学校食堂不放心，只等我同意了，一脸的诚心诚意。望着那双亲如外婆的眼睛，我又意外又感动。只是，向来习惯了城里独门闭户的生活，这一来，倒有些不习惯了。我坚持而委婉地拒绝了。她笑我太客气，便一脸平和地走了。万没想到的是，下午上学，陈婆婆又候在门口了，这一次，她不等我同意，就塞过一包水果给我。她说：“没见你上街，一定没买水果，这点儿一定收了。”打开袋子，应时的橘子、香蕉一样两只。东西不多，却见陈婆婆的心是细得很善良的。“远亲不如近邻”，我算是有些体会了。

母亲也说过，这里的人都不傻，却从不摆架子，淳朴而亲近，是一些能甩开袖子为你帮忙的人。正是这样一些人，扫淡了我离家身处异地的陌生与孤单。

隔壁是平常的三口之家。女的是图书馆的老师，男的很少照面，模样都记不清楚。只记得我将钥匙锁在家里，弄得自己有家难回那天，他正好穿了一身雪白的衬衫。无意间瞧见我的窘迫，他索性脱了那身白衬衫，三步并两步地爬上房门，从门上的天窗钻进去，大半个身子够下去，从屋内开锁，动作干脆小心。女的只是紧张，却无怨言。锁打开后，他退出身来，上下都是灰了。临走，不忘了把他家里的小秘密摊给我，说门框上放一把备用的钥匙，用得着的。当时，觉得他们真是聪明细致，后来才觉得他们傻，干吗那么信任我这个不知根底的新邻居。也许，母亲是对的。城外人有自己的生活逻辑，城里人捆绑自己的东西太多，是不是更“傻”？

开春了，风也温和了，吹绿了后山的红土，吹来了清润的泥香。餐桌上也添了不起眼的新菜——折耳根，是四邻结伴方才从田背上扯下来的。茶余饭后，几家老人再搬一张桌子到院中央，凑一桌麻将。稀哩哗啦的，还是唱不过树上的画眉，输赢也就不认真了，不过贪心初春正好的阳光。父亲常来电话，听我讲起母亲闲时也爱陪一圈，竟是欣慰的，说：“累了一辈子了。”那一辈子，其实还长。

桂花园里，多是些累了一辈子的人，到老了，虽仍是闲不下来，却平和了。离园子不远，有个安宁的苗圃，是72岁的张爷爷一手经营的。临太阳下山，浸红半边天的时候，我爱和爷爷一起剪摘玫瑰，绕在篱笆上那种，新鲜得想吃。没想到真是可以吃的。爷爷就是个养花也吃花的人，临走，见我嘴馋，送我一束正是妙龄的玫瑰。捧回家，母亲倒舍不得了，执意在瓶里养了两天，才一瓣一瓣地分下来，放在起锅的小汤圆里。顷刻间，玫瑰褪了色，粉红的了。舀一勺含在嘴里，第一次觉得有些香是不用闻的，闻不清楚，却一点一点沁入你的心脾。

等毕业了，离了桂花园，不知道是否能再吃到玫瑰汤圆——还没走，就开始想了。

（作者的话：桂花园里的故事是数不完的，忍心停了笔，才发现记的都是些细琐的、不平常的平常事，正如园子里的人心，虽被生活淘细了，却不比混沌中的明一半、晦一半，是仍然爽直明快的，像后山的小溪，汩汩地流入心底。）

生理是会随着时间的流逝而衰退的；而精神却会随着时间的辗转而积淀，当它把主要精力放在精神上的时候，积淀就会胜于衰退。

傻猫

我叫它傻猫。

傻猫其实不傻，今年 15 岁，据说，折算成人的年龄已差不多 105 岁了，在猫的世界里，算是经风历雨见过世面的，长年和人共处一室，眼神里还有了某种类似人的语言。这样的语言，年轻小猫们大概不懂，它们大多只懂得“食色，性也”，一到了春天就上蹿下跳地哇哇乱叫，剩点儿精力不多，还得奉献给嘴巴。

俗世里的那点儿东西，傻猫也懂，一年总有那么些时候，溜达出去会它的情郎。情郎们像它这般长寿的不多，所以，从一而终的神话在傻猫身上很难落实，但傻猫在年轻情郎面前从不以“过来人”自居，每一段感情都好像初恋，简单、纯粹，而且投入。这次爱上的是一只流浪的黑猫，毛色不均，饿极了还会去翻翻垃圾堆。在我母亲看来，和这样的流浪汉厮混，是有辱斯文的，所以，一旦让她老人家撞见，那阵势很是“法海”，大踏步撵过去，直到黑猫呈魂飞魄散状逃走，终于一去不返。看《新白娘子传奇》，谁都痛恨法海，但落实到现实生活中，大家又都无意识地以各种形式与法海称兄道弟起来。傻猫不恨我母亲，它知道有些东西，不能像人那样非此即彼地去思考：情郎可以偷偷地约会，猫的世界没有“结婚证”来裁判感情的合法性，也没有门当户对的斟酌，更没有姐弟恋的社会舆论，有情即可；美食可以光明正大地要，找我母亲要，在宠物猫的世界里，没有按劳分配这一说，嘴馋即可。提供感情和提供美食者，它都恨不起来。

傻猫的美食很丰富，鱼鳅是最爱，金枪鱼次之，鲫鱼勉强接受，唯嘉的猫粮可以作为零食或者宵夜。有一段时间，母亲毅然决然地把傻猫关在家里，不准它出去私会黑猫。傻猫就老是喊饿，像人一样双脚落地，两只前爪撑在冰箱门上，两只眼睛似乎还转着泪水，期盼而又怯弱地望着你。母亲拗不过，一次又一次地满足，直到傻猫吃到吐，才痛下决心再不理会。人类有的失恋了，也喜欢化悲愤为食欲，乱吃一通，精神上的饥饿企图用物质来填补。但是傻猫或许太“悲愤”了，又或许是过于看重精神世界，吃到吐也觉得于事无补。母亲拒绝让步，把自己也关进了卧室，看电视去了。我好歹是跟人类一伙的，自然不敢擅作主张，索性抱着古琴沉浸其中。

傻猫居然喜欢听琴。不到两分钟，就安静了下来，就近找了个蒲垫，十分端正地坐了下来，眯着眼睛听我弹琴。偶尔某个音弹破了，它还会半挑眼皮地斜我一眼。就这样，足足一个小时，傻猫硬是再没有吵闹着问吃的，甚至都不怎么动。见我弹毕开始收琴，它也从蒲垫上跳了下来，长长地伸一个懒腰，然后不紧不慢地踱到冰箱面前，又开始大张旗鼓地追讨美食了。

我猜测，傻猫是喜欢精神胜于喜欢物质的，无论是情，还是琴，它都是爱的。在那些闭门不出的日子里，它连睡觉的窝也不要了，席桌而卧地蜷在古琴旁边，它不觉得冷，呼呼地睡得很香。我猜想，傻猫长寿的秘诀之一，怕也是因为它对精神世界的这份挚爱吧。生理是会随着时间的流逝而衰退的；而精神却会随着时间的辗转而积淀，当它把主要精力放在精神上的时候，积淀就会胜于衰退。当然，这是人的说法，傻猫是不理会的。它从不把物质和精神割裂开来看，所以，虽然也追求，但不会过于执着，有什么就享受什么，如果什么都没有了，它就懒在阳台的兰草堆里晒太阳睡觉去。

听说，人类一思考，上帝就发笑。所以，傻猫不稀罕当人，也不怎么思考，哪怕被冠名为“傻”，也照样应答。傻人都有傻福，何况猫呢？

歌声其实不算美妙，但他们极其认真和投入，顿时把所有散漫的背景都模糊掉了。

陌生人的婚礼

七弯八拐的关系，我参加了这场婚礼。新郎像棵带了眼镜的仙人球，圆滚滚的，个子不高；而新娘即使在这个特殊的日子里也算不上最美，如果不是这场婚礼，我想我永远不会关注到他们。

不知道像我这样因为莫名其妙的缘分，来到婚礼现场的人，还有多少——整个场面有点儿散，大家不小心撞到同一个轨道，又好像仍神游在不同的空间。同桌不幸被粗心的服务员洒了一身的水，她生气极了，完全顾不得今天是什么日子，霍地站起来，誓为一个“真诚”的道歉理论到底，而服务员初涉江湖，也不低头，誓为尊严绝不妥协；邻桌的圆第一次当上准妈妈，突然说胃疼，急得老公什么喜事都忘干净了；身旁的夏，一直不停地回忆着自己的婚礼，重复着重复了很多遍的那些甜蜜的紧张的感动的点点滴滴……新娘站在不知道是什么颜色的地毯上，等待司仪的台词正式响起，那一刻，我甚至觉得她有些窘。

这场婚礼太仓促了。他们只认识 11 天，便决定牵手一生。这么短的时间，连个像样的酒店都订不到，在这个毫无庄重可言的餐馆里，进行他们人生中最重要的一场仪式。据说新郎之前有过一个女朋友，好几年，所有人都见了，就是不结婚。有人不禁感叹，没有遇到对的人，多少年也没用。是吗？我这个环境主义者，完全没觉得这一切很对。

听，仪式居然已经开始了，新郎新娘正在情歌对唱，还是《射雕英雄传》的主题曲，没有舞台，本来就不高的两个人此刻完全淹没在人潮中……我忍不住想笑，却被歌声吸引站起身来，走到离新人很近的地方。歌声其实不算美妙，但他们极其认真和投入，顿时把所有散漫的背景都模糊掉了。

新娘的爸爸，一直守候在女儿的身边，直到司仪宣布“交接”——我没有记错，就是这两个字。新郎没有立刻去牵新娘的手，而是双手紧紧握住老父亲的手，什么也没说，眼里都是感谢——那么强烈，那么真诚——婚礼有很多既定的老套的繁复的程序，也许谁都没工夫注意到这个程序之外的细节。有太多太多的来宾，仍然神游在自己的世界里；甚至司仪，台词没错，腔调没错，但在那一刻，我觉得他有些多余。

第一次觉得，婚礼未必就只是一场秀，因为被邀而来的观众由于各种各样的原因根本就没心思看，真正投入其中的，只有他们自己。而婚姻呢？更不可能是一场秀，因为没有请帖，没有司仪，没有烟花、玫瑰，大家在各自的世界里奔忙着、挣扎着、幸福着……即使你愿意演，人家也未必有时间看。

本质上，我们都是陌生人。别人推搡也好，催促也好，理解也好，反对也罢……那不过是别人偶尔对自己人生的一次注脚，实际上，根本不关你的事。唱歌的人，只有你自己，如果有幸，会有一个懂你的人，愿意停留片刻，牵你的手，听你把这首旁人觉得有些荒诞的不靠谱的歌唱下去，有时候，那个片刻正好是一生。

看得见的收获，不过是几张阳光灿烂却时过境迁的照片；而看不见的收获，却可能温暖我以后的每一个冬天。

艳遇厦门

什么是艳遇？据说2000多年前，柏拉图和苏格拉底两师徒就讨论过，在他们看来，艳遇就是不受任何规则制约，在林子里挑到的那朵怒放到极点的花，不过采回来时，却稍显枯萎了。

哲人们比较冷静：怒放和枯萎，在他们看来其实无所谓孰轻孰重。世人们，大抵分两派，悲观者反复权衡枯萎后的没落与不值，而乐观者极尽玩味怒放的刹那和美好……我偏向后者，因为我相信，少一些值与不值的世俗意义上的计较，有些看似短暂的美好，也可以是心灵的养料，化作永恒。

行走厦门，也是一场艳遇。看得见的收获，不过是几张阳光灿烂却时过境迁的照片；而看不见的收获，却可能温暖我以后的每一个冬天。

我不是一个猎艳的人，厦门之行谈不上蓄谋，甚至连准备都很仓促。春节是公司的销售旺季，一年中最繁忙的时候，临到除夕，又从繁复的工作迅速切换到团圆的准备——只留了片刻，给自己。心底有个声音：去厦门吧，大海在前，俗事在后。就这样，两个小时不到，约上好友，订好机票，择好酒店，整好行囊……转身去书店，照例买了一本旅游攻略放身边指点迷津，不过后来才知道，这本攻略基本就是摆设，因为“艳遇”是不受任何规则制约的，所以计划的一样没做，没计划的却样样精彩。

到了厦门，就好像到了春天，重庆特有的阴郁的冬天似乎被遗忘在了上个世纪。酒店在鼓浪屿，是个百年私家别墅，清晨时分，阳光像顽皮的孩子挤进百叶窗，窗外的古榕枝繁叶茂落根似瀑，不知名的鸟雀躲藏其中争鸣斗俏，满院子的奇花异草暗吐芬芳，年过半百的店家独自偷空摆弄着工夫茶……如果是周末，隔壁的教堂还会传来唱诗班的虔诚。来过这里，才更能明白：舒婷用《真水无香》记录的鼓浪屿生活，有着一花一世界的本真和灵性。

鼓浪屿曾经聚集了中国最富有的人，就连那个年过半百的店家，也是当年台湾金门首富的儿子——岛上恬淡而海派的生活，有种风平浪静后的归隐。我忍不住猜度，见识过大风大浪的人，是否更明白生命是需要一个精神的后花园的？所以这里不仅仅是别墅错落、曲径通幽，转角处更有中国最早的幼儿园，私家花园里还有中国唯一的钢琴博物馆，诸如此类，举不胜举；又或者内心平静的人，才能够不被无谓的臆想的未知的困难吓趴，才更有能力“兴风作浪”，所以这里各界名人层出不穷。

下午，斜卧在海边草地改稿子的我，被越发浓烁的阳光迷了眼，索性离岛去南普陀。车行半途，经逢厦门华侨博物馆，来了兴趣，下了车，探了进去。

去过很多博物馆，大多以“博物”立世：陕西省博物馆有丰富珍贵的国宝级藏品，突显西安的历史地位和唐朝的盛世光芒；湖北省博物馆有世界上最庞大的青铜乐器曾侯乙编钟、中国冷兵器时代的翘楚之作越王勾践剑、地质年代早于北京人的陨县人头骨化石；上海博物馆一如既往地秉承着“咱上海就是全中国”的骄傲，突破地域限制，用完整且脉络清晰的馆藏演绎中国的兴衰起伏；而厦门华侨博物馆“低调”多了，门脸不大，藏品不多，连攻略清单也榜上无名，但主题鲜明，作为“世界上独一无二的华侨历史博物馆”，它让我看到这样一群人：生于海边，长于乱世，不叹息苦痛，不哀告无助，漂洋过海，历尽艰险，苦尽甘来，落叶归根，滋养故土，将繁华留在身后……不沉湎于“古董”的人，似乎更有果敢的打破规则突出重围的精神，精神不死，所以精彩不断，这里记录的是昨天的故事，刻画的是鲜活的侨魂。

博物馆一瞥，只是厦门之行的一个片段，但它让我敢于彻底放下攻略指导，敢于和偶遇的朋友去了云水谣，住了半月楼，即兴在古榕下、小河边、篝火旁用原始的烧烤犒劳饥肠，还敢于拖着病腿爬到茶山顶上，眺望老祖先的土楼，敢于在回家的路上对自己说："俗事在前，大海在心里。"

朋友闲聊时提及：科学家最新发现，基本粒子的运动规律无法用普通物理学定律诠释，它们好像生命体有自己的意志来决定运动去向。

人不也好像是天地间的基本粒子吗？当意志蜷缩成枯槁时，便无力挣脱身后的藩篱，也无法面对大海的未知……天高地阔唯人自碍。如果规则真的服从于意志，如果你确定想要追寻生命的极致，同时懂得享受繁华过后的宁静，那林子里就一定会有一朵怒放到极点的花，等着你。

给心灵加点儿碘

我是个慢性子，知道“盐慌”的时候，透明的办公室外已躁动异常：拄着拐棍儿的老爷老太，逃班出来的红男绿女，抱着孩子的年轻父母，乘机解放的学生少年……争分夺秒地，一边吆喝同伴，一边向售卖加碘食盐的货架冲刺。

传说，海盐被核污染；传说，碘可以防辐射。

平日主流的食堂、酒店客户已被挤在长蛇阵之外，一面焦急地观望事态发展，盘算自己剩盐几何、够用几日，一面拉着熟识的销售人员强烈要求紧急囤盐；企事业单位的采购人员，急的不是无盐可买，而是新采购的办公用品无处结账，因为收银台前已等满了“盐”阵以待的民众；游船客户需要紧急出货，却无法靠近自己想要的商品，卖场工作人员也帮不了忙，不敢借助铲车取货——食盐货架邻近的、附近的、不算近的所有通道都被“盐慌一族”堆满了，恐慌的集体神经，一触即怒，谁敢侵犯或干扰长蛇阵，就会被愤怒的口水淹死。

电话响了，大学寝室的同学。此女成绩好、容貌娇，人潮之中永远都是不偏不倚的那一个，大学时为各种各样匪夷所思的证书奔波，毕业后准时准点和男友在网上相会，工作后不出所料地抱怨并安分到现在，结婚后紧锣密鼓地为孩子的降生做充足的准备，说话永远都是那么急，走路永远都是那么快，她在烟火人间里活得笑靥如花。今天要来“抢”盐，电话那头仍然响起那招牌式的笑声，代购的请求被我淡然拒绝之后，仍不气馁，索性拉着办公室的中外同事，自个儿来了卖场。此时，交警已客串起卖场工作人员，维持秩序兼限量发放“盐如玉”。此女见状，更觉得自己的此行意义非凡，冲到警示带面前，却发现盐刚好卖完了，灵机一动，“生抽！给我一瓶生抽！”

踱回办公室，透过玻璃窗，默然地看着因未知而恐慌，因恐慌而奔跑的人群，问自己：生活不会是一场没有自己的奔跑吧？大多数人所追逐的生活方式，会不会只是一个笑话？

电话又响了，是一向尊重的长辈，某个领域的权威。他一本正经地给我做起了科学知识普及：“海水被核污染后，影响是长久的，我看要多备点儿盐，现在的盐还算干净，以后的就说不定了。”

“重庆的盐，是井水盐哟，与海水无关。”

“都会被污染的，水是循环的。赶快给你的舅舅、小姨打电话，叫他们开车过来，能装多少就装多少。”关切之情，气势磅礴。

放下电话，想想自己的生活，有多少时候，是被德高望重的长辈以爱的名义关切着，以未来的名义威胁着，以亲情的名义辐射着……

人是群居动物，人群以外的生活让他们觉得不安和恐惧，他们希望混迹主流以证明自己的存在，集体性思维方式让他们找到所谓的自己，主流是一种貌似成功的姿态，他们说：别人笑我太疯癫，我笑别人没有盐。

次日销售报表显示，间断性供应的条件下，当天食盐销量仍然高达9吨。

各大媒体本着稳定民心的职业态度，及时地跳出来了。于是，新的主流又出现了，昨天的抢盐族又加入了今天的退盐潮。如果生活要折腾才能超越自己，才能享受美好，那么你说，默然的慢性子的我又错过了多少超越和美好？

如果碘真的能够防辐射，我希望给自己的心灵也加点儿碘，留得方寸给真正的自己。

是的，当爱出现的时候，当我们不再执着于彼岸的时候，此岸即彼岸吧。

与中国有个约会

天风古琴院的院长黄建华说："无论是东方文化，还是西方文化，有一点是共通的，它们都关乎心灵。"心灵有一种神奇的力量，它可以让天南地北，甚至古往今来的人齐聚一方，只要心灵震动的频率达到了共振。

那个阳光灿烂的下午，与其说是巧合，不如说也是神奇的力量使然。

在青海偶遇的德国青年医生，突然改变意愿，推迟回国，来重庆与我再会。他的旅行为期一年，几乎没有计划，路线设定从心所欲，他希望能在旅途中拾到心灵的种子，能在回到"俗世"之后，仍然有那么几颗种子，值得悉心照料，直到枝繁叶茂。中国是他待得最久的地方，风景看过不少，但真正的中国元素，也许有时候在风景之外，于是，我决定带他去黄院长家，喝一泡雅致的工夫茶，听一曲宁静的古琴曲，赏一幅灵动的中国画……这些都不是表演，谁也不会在自己家里做演员，这不过是中国文人的生活常态。这样的常态里，或许正有他想要找寻的种子。

有朋自远方来，不亦乐乎。天风古琴院的秘书长李成琳是个热心的人，替我做了妥帖的安排。但临到约定的下午，她又打来电话，语气还很急促，难道事情有变？仔细一听，才知道，还有两位来自荷兰的陌生朋友，也来了重庆，也想赶在当天下午，去黄院长家小聚，语言不通，任务却不轻：名叫罗卜的中年男子，是导演，为了拍摄有关荷兰汉学家高罗佩的纪录片，已经忙活了 7 年，重庆作为高罗佩曾经生活过的一方天地，是罗卜追寻的必经之地，而重庆天风古琴院作为高罗佩曾经活动并获得精神滋养的地方，不仅传承至今，还有蓬勃发展之势，让他惊喜，更是让他不能错过；另一位名叫玛丽的年轻女子，正是高罗佩的外孙女，她除了给罗卜当秘书，也在纪录的点点滴滴中，为自己寻根访祖。

一个重庆女子，我，就这样机缘巧合的，与地球那一边的几天前还是陌路人的三个老外，聚在一起，挤在黄色的出租车上，挤在去天湖美镇——黄院长家的路上。

翻译的任务，自然落在了我的身上。现在想来，翻译的具体内容，我已经记不得了，但我记得那天的翻译，与以往相比，感觉很特别：不似与外国客户在谈判桌上的字斟句酌，也不似与外国培训师在课堂上配合时的紧张急速，更不似与一群老外在电话会议上的疲惫无趣……倒像是找到了一个机会，与真正的自己对话，然后握手言欢。所以，有时候会有些“不称职”，自己随意发挥起来。黄院长在答问罗卜时说："琴棋书画，是中国文人的精神表达，并不是以此为专职，天风古琴院的本意也不是要成为专业院校，它是有精神共鸣的人自然聚集的平台，而古琴曲的弹奏并不刻意要求节奏的工整，而是希求通过技巧的娴熟或节奏的变化表达心灵的起伏。"那么，当天的翻译也就不能算是工作，那是能在心灵上找到契合点的一群人，午后小聚，是放松的，也是真实的，是有真性情在场的。

一问一答，畅谈之后，黄院长来了兴致，转身去了书房，为三位远道而来的朋友提笔作画。等待的空档，天风古琴院的其他三位成员，偶然天成般地来了一个小小的组合：一人抚琴，一人吹箫，一人合着曲声唱起了《阳关三叠》—— 那是古人的友谊。古时的交通和通讯都不似今日发达，朋友一旦"西出阳关"，可能今生再也不得相见，情越浓，别越难。不过，古人的情谊也是大气的，所以才有"海上生明月，天涯共此时"的浪漫。我跟罗卜说："真正的友谊，是可以超越地域，超越时空的，甚至是超越生死的，高罗佩离开我们已经很久了，好像一个西出阳关的故人，但是精神上的共鸣还在，借着中国文化，借着这个午后，我们又和他聚在一起，重温了当年的琴声和情谊。”

罗卜说：“初到中国，落地上海时，看到林立的高楼，觉得头晕目眩，即惊异又失落，原本的中国在哪里？但后来慢慢发现，在现代的高速发展的外衣下，原本的中国仍然在这里。”

很多时候，当代的中国人自己也活在物化的世界里，头晕目眩却未必自知，不知道“真正的中国”在哪里，恰如不知道“真正的自己”在哪里。古琴，是真正懂得中国内涵的琴，它用它独到的意韵，表达了一种诗意：琴也好，曲也好，节奏也好，都是物化的平台，重要的是，人，借着这个平台，可以与自己约会，与心灵约会，与天地约会，与“中国”约会。

那个奇异而美好的下午，也是一场与“中国”的约会。罗卜说，明年正式拍摄纪录片的时候，还要来天湖美镇，来黄院长的家里；玛丽说，看到有那么多的人，仍然做着外公当年做的同样的事情，是很奇妙的感觉；德国青年医生说，中医博大精深，但它的哲学基础和古琴是相通的，要学好中医，怕是要先学好古琴……但是这些也许都不重要了，天风古琴院的成员们，或者说因琴而聚的朋友们，都回家了。第二天太阳再次升起的时候，他们还有各自的工作岗位，但是无论工作如何现实琐碎，他们记得还有那么几颗心灵的种子，值得悉心照料，直到枝繁叶茂！

结婚杂记

——送给50年后的自己

1

我结婚了，在珊瑚公园。

公园“彼岸”是殡仪馆，半年前年近九旬的杨外公在那里送走了杨外婆。半年后，小傻在“此岸”迎娶了小鱼。所谓红白喜事，也许别有意味。人世间的婚姻，有太多是缘于对未来的恐惧，他们希望在行将老朽的时候，有人陪伴，有人照顾，有人送行……至于当下的生活，被悄然地忽略了。他们寻找着、委屈着、克制着、将就着，期待着有一天能如愿以偿地得到彼岸的安妥。记得克里希那穆提说：“此岸和彼岸的时空距离，其实只是心中的妄念罢了。”是的，当爱出现的时候，当我们不再执着于彼岸的时候，此岸即彼岸吧。

右边是结婚登记，左边是离婚登记。即使安坐在右边，也能听到左边的争执打闹，一个女子愤怒地追问着：“我怎么不能满足你的要求了？……我怎么不能满足你的要求了？”如此反复。右边的人，大多不在意这样的声音，他们以为自己的婚姻一定不一样，相亲相爱、天长地久。想来，左边的人也能听到但也同样不在意右边的动静，他们认为自己的婚姻也一定不一样吧，转瞬即逝、五味杂陈。

没有谁的婚姻一定是不一样的。在红艳庄重的颁证厅里，工作人员组织了仓促简短的仪式，而我却许下了今生最重的承诺。我第一次知道，夫妻之间是有“抚养”义务的，脑海里迅速闪过小傻病了需要我全权照顾的画面，我说，“我愿意”，算不上承诺，而是那样的画面让我本能地愿意。工作人员抬眼撞到我的满眶热泪，她笑了……也许，我的认真触动了她；也许，这样的场面她见多了。如果不爱，“抚养”只是一种用今天赌明天的交易，一旦觉得亏了本，就可能讨价还价，甚至可能取消交易，右边就变成了左边。

然而，爱是什么？它不是简单的拼接，小鱼加小傻；也不是简单的置换，小鱼变成小傻，或小傻变成小鱼；它是还原……真正的爱，能让我们放下所有的幻觉和伪装，还原成我们本来的样子；而抚养，不过是爱的副产品。

2

很显然，最初的自己，并不十分懂得婚姻中的爱。结婚时拍了生平第一张恐怕也是最后一张“两个人”的登记照。模模糊糊地以为，以后我们就是一个人了。然后，开始了一系列的告别。

告别周末——它已经周而复始地让位给“装修房子，挑选家具”。

告别名声——因为少有人知道小傻早已离异单身，眼下我的存在就成了不正当的，名不正的，言不顺的……私下的议论，让我连“百口莫辩”的机会都没有。

告别尊严——作为一个理性的领导，小傻要避嫌，所以要隐婚，虽然我不知道这是什么逻辑，但我知道即使探亲也要兵分两路，小傻跟正好同路的同事一班飞机，小鱼独自一班飞机；作为一个自己也有隐痛的婆婆，时至今日也没有办法面对儿子离异的“不体面”，也没有力气跟别人闲言碎语解释自家生活的爱恨情愁，所以更要隐婚，若实在碍不过孙儿轩轩的请求和希望，让小鱼参加学校的家长活动，就只能是以婆婆侄女、小傻表妹、轩轩阿姨的身份出席。

告别工作——因为和小傻同在一个公司，因为公司“预见”

的种种利益冲突，因为各种以朋友名义的劝慰。

告别父母——因为嫁出去的女儿，真成了泼出去的水，再回去，便是待客一般。

告别此岸——告别古琴的幽静，告别书店的恬淡，告别饭后枇杷山走一圈的习惯，告别从不洗衣做饭的懒丫头时代……似乎如果不能这样，就没有或被认为没有能力和资格去陪同小傻走向彼岸。

这一连串的隐忍和告别，似乎是对那个庄严承诺的证明。然而，猛一回头，我发现自己不在了，于是证明成了一个伪命题，如果自己都不在了，被证明的主体都不存在了，证明还有意义吗？ NO！一种彻底的否定，一种直穿心底的孤独。我像一个影子、一个孤魂，沉默了，然后沉没了。

3

轩轩的电话。

“轩轩，听说你做了一个梦？”

“嗯……梦是假的，不能说，不能说。”宝贝声音很轻很犹豫，同时电话那头传来奶奶断断续续的忐忑的压制的制止声。

“哦！那你悄悄地告诉我，好吗？悄悄地。”

“嗯……我梦见自己长大了，娶新娘子了，那个新娘子就是你，小鱼妈妈。”声音低到像风吹树叶。

“哦！谢谢你，轩轩。做这样的梦，说明你很喜欢我！我们是那么好的朋友，这么有意思的梦，你可以和我分享的。以后，我做了有意思的梦，也跟你分享，好吗？

“好！”声音终于大一些了。

“以后长大了，你会有自己的新娘子的。小鱼妈妈正在为你写书，记录你的成长、你的灵慧。以后给你的新娘子看，好不？”

“好！”

轩轩稚嫩的声音、稚气的梦想，把我从沉默中唤起，从沉没中捞出。尽管旁边有成年人的种种考虑、种种压制，但是，轩轩和我仍然“悄悄地”单纯地爱着，爱有足够的能量突破一切因恐惧而生的种种扭曲。还原了……如此简单的爱，爱得如此简单，干净得如同自己心底的声音，一切外来的纷扰都被过滤了。

挂了电话，今天的装修进程也暂告段落。拉了小傻去K歌，那是一次两个人的狂欢，我们在新歌旧词里开怀着、释放着、休整着、怀念着、希望着……“想要问问你敢不敢，像你说过那样的爱我；想要问问你敢不敢，像我这样为爱痴狂……”突然停顿，然后极认真地问小傻：“你敢不敢？”

“我敢！我不能说每次都能做得很好，但是我知道什么是对的，什么是错的，我做得不对的地方，小鱼提醒我，我会改正。小鱼相信我吗？”

“我相信。我会给你时间，也给自己时间。”成长需要时间。

后记

任何人的成长都是需要时间的，包括我自己。第一次结婚，第一次当媳妇儿，第一次当儿媳妇儿，第一次做小鱼妈妈……我有我的困惑、挫折、失落、孤独，但当有一天，我能坦然地面对和理解自己了，也就能真正理解和包容别人了，不丢掉自己，不忘记此岸，不害怕彼岸，懂得从自己的情绪中抽离出来，陪伴他们和自己，温暖而平静地度过跌宕起伏的人生。

旅行碎片之广西

旅行就像人生，热闹之后，能够沉淀到心底的其实不多——这好像老天爷的一个暗示，人常常被过往勾住，被未来牵绊，真正能活在当下的时候并不多。那些沉淀在心底的“当下”，像阳光下的碎片，时不时地闪出光来。

碎片一：青秀山的小沙弥

傍晚，青秀山的游人几近散去。山间尼姑庵的小沙弥大概做完功课，得了空闲，溜到尼姑庵后门的湖边，掰碎了手里的小面包，喂湖中的锦鲤。我猜不出锦鲤的心情，只瞧见它们热闹地簇拥在一团，闻着，瞄着，争食着，跳跃着……

小沙弥的师傅，是个戴眼镜的尼姑，眼镜背后有一双美丽的眼睛，她说话不紧不慢，听着很平常，却觉着和她眼睛一样宁静而深邃。跟她了解到，这些小沙弥们，父母都信佛，自己也有意愿出家，在这里学习中国传统文化，诵读经书，练习打坐，还要完成其他各种功课……当然，也可以在傍晚的湖边喂锦鲤。

一艘游船冲着那群热闹的锦鲤开过去，船上有几个与小沙弥同龄的孩子，欢乐得好像湖中簇拥的锦鲤，胖乎乎地在船上左摇右晃。鱼群很有经验地果断散开来，沉下去……孩子的本性，想来是爱这些鱼的，但他们似乎没有学过爱的语言，他们用自己的热情生生地隔断了与大自然的联结，成年之后，可能会跟大多数人一样，混淆了爱和欲望，更加热情地冲过去，然后一场空，然后责怪人生不过是一场失望……当然，这是我的妄想。

小沙弥还在岸边，清俊的脸庞没有丝毫惊恐和抱怨，大概也没有我这样的妄想，他们只是静静地守在那里，等船过了，金灿灿的锦鲤又围了回去……

碎片二：一呼一吸间的觉察

大明山是个有仙气的地方，站在山顶，白云就在你脚下。

在这种地方，人似乎会被净化，从身体到灵魂……又或许，因为氧气充沛，人比平时少了一些昏聩，才多了一些觉察。

不知道是因为仙气，还是因为氧气，同行的素素起意引导我们打坐，从观息法开始。一开始很顺利，我可以长时间只注意自己的呼吸，其他的包括身体似乎都不存在了……但是，一个念头突然劈头盖脸地砸下来：婆婆要是看见我在自家院馆里打坐，会不会觉得我是神经病（顺便提一句，几年后，婆婆见我打坐，并没有看不惯，反而商量着要和我一起去内观，当然，这是后话）？

我瞬间凌乱了，再也无法打坐。这个突如其来的挫折，倒是让我觉察：我真的有神经病，在婆媳关系上有如此深刻的焦虑和恐惧，以至于产生了妄想——我想从自己身上探寻一下根由。

素素说，当母亲还在外婆肚子里的时候，就已经拥有了一生所需的全部卵子，其中一个成全了后来的我。卵子，人体里最大的细胞，是有记忆的，这些记忆潜伏在我的潜意识和无意识里。而那些记忆是什么？我并不是那么清晰；它们对我日常生活的影响，我也没有觉察。外婆脑溢血之后，就已经不记事了，人却变得轻松愉快很多，但一次偶然的情景下，已经很长时间表达不清的她，突然悲伤地跟我说了一大段话："那时候，你外公的妈妈什么都骂得出来啊，不仅要骂我，还要打我，脚踩着我的辫子，抓到什么就拿什么打，嫌我没工作，嫌我生不出来孩子，嫌我配不上她的儿子。后来有了工作，生了你的大舅舅和二舅舅，才好些了。那样的日子我都过来了哟……"

我的妈妈，是外婆的第一个孩子，那时候，"好些了"的日子还没有开头。

直面那些深藏起来的记忆，反而多了一些清澈和勇气，我对它们说：“我看到你们了……活在过去，还是现在？活在妄想里，还是现实里？由我决定！”

碎片三：龙颈山的漂流

漂流，是生平第一次。所以，等上了“贼船”，才知道它有多么刺激！那根本就不是漂，无数次从落差数米的瀑布上直愣愣地掉下去，溅起猖狂的水花，穿击着我里里外外的衣衫。船的底部有漏孔，以便“倾倒”而入的水花可以从船底漏出去，可是，我总是怀疑水排不及，然后像泰坦尼克号一样，连船带人，生生地沉入水底。

经过之处，时不时地可以看到倒扣在水面的橡皮船，漂浮在水面的头盔……谁翻船了吗？我紧张得全身都僵了，用尖叫来平复心底的恐惧：会不会翻船？我不会游泳，万一在水流很急的地方翻了，我会不会死？若是翻船的水域，水很深，我踩不到底，会不会死？如果肚子里面已经有小孩儿了，小家伙会不会被震得七荤八素，会不会死？

直到嗓子叫疼了，我才突然意识到：我的心不在了，只有大脑在工作，而大脑只会从逻辑上去推导，是或者不是，会或者不会，永远没有第三种答案。

想到素素曾经发给我一段文字：当你人还迷路在外时，闪电对你而言不会有什么好看的，可当你身在安全的室内，这整个景象就变得十分壮丽，你可以享受它。

真正的室内，其实是自己的心。于是，我默默地自己的心说：我是安全的，大自然是友好的，水是包容的，活在当下，享受随波逐流的美妙。

居然真的境由心转，一切都变了。看！小河两岸茂密的望不到边界的植物，树叶缝隙里透下来的阳光，还有岸边将木门涂成地中海风格的人家。听！知了和各种小鸟的鸣叫，浪花扑腾在船舷的涛声，还有深水区那深不见底的安静。闻！这里的空气，原来混杂着各种植物的馨香……僵硬的身体，开始放松，天旋地转就当老天爷在给我看幻灯片。呵呵，我这时候才注意到船另一头的小傻，他乐得跟孩子似的。我问他怕不怕，他脸笑得跟开花似的说：“不怕！”

原来不怕，可以看到不一样的风景。如果不怕，人生是不是可以一步一景？

以前不明白，以为快乐才是好的，所以无论遇到什么事情，首先不是面对和梳理，而是开导甚至命令自己快乐起来。敏感如我这般的人，不知道身上有多少旧疾是因为“太懂事，却太不懂自己”造成的。

盘点我的2013

我想由衷地说一声："2013，感谢有你同行！艰难，让我更看清了友谊的纯粹和力量！"

2013年初的时候，对《易经》颇有研究的忘年好友无无就跟我说，这是我最低潮的一年，如果以100分为满分的话，顶多48分。好不容易"熬"到岁末，我发现48分带给我种种艰难的同时，也给了很多馈赠。或者说，艰难本身，就是一次领悟的契机，就是一种馈赠。

盘点一：事业

去年初在闺密素素家，和各路朋友一起，编辑制作了我的"梦想版图"。回头来看，"梦想版图"里严格意义上来说，是没有事业的，我把更多的重心放在了情感、家庭、心灵成长上面。

但年尾盘点时，我居然第一个想要盘点的就是事业——这多少和我从小接受的教育有关系。小时候很喜欢上劳动课，手工制作里包括打毛线，爸爸看到之后，总是很严厉地批评制止：打毛线，打一辈子也没什么出息，去看书！

要有出息！一方面，它划定着我的成长轨迹，影响着我的心情起伏；另一方面，它也越来越圈固了我的生命力。

我很感谢这个没有事业可言的一年，它让我慌乱、愤怒、煎熬、痛苦；也让我逐渐沉静、从容，甚至对事业有了新的认识和期望：我希望自己将来所从事的工作，能竭尽所能利益他人，同时愉悦自己；不再把个人的“有出息”当成意识层面或潜意识层面的首要任务，不再简单机械地把父母的期望当成必修课程——那不过是为空所累。

盘点二：身体

我才知道，身体和灵魂是相通的，当一个人被情绪所迷，不能勇敢面对情绪带来的信号，不能清醒梳理自己的灵魂，不能真正意义上地爱自己时，身体会有剧烈反应，尤其是怀孕的时候——我不知道这样的觉察对不对，但我是这样体会的。

以前不明白，以为快乐才是好的，所以无论遇到什么事情，首先不是面对和梳理，而是开导甚至命令自己快乐起来。敏感如我这般的人，不知道身上有多少旧疾是因为“太懂事，却太不懂自己”造成的。

这段时间，情绪凶猛时，腹痛也凶猛：当父母争吵时，我腹痛；当看到电影女主角被人打上世俗标签时，我腹痛……

我试着独处，开始和肚子里的小朋友对话，用这样的方式来梳理自己负面情绪升起的真正原因，更深层次的期待和渴望，在理解自己的基础上做新的选择……这样，腹痛居然一点点儿消失。最后，当我调侃地对肚子里的小朋友说：“我给你买个玩具吧！”腹痛居然完全消失，喜悦蓦然升起。

我跟素素说：“第一次深刻地觉得，我和腹中的孩子有如此深的联结，如果单纯地为了他压抑自己的情绪，勉强自己快乐，他是不会好过的……所以，爱，一定不能忘了爱自己。”我从此也相信，人与人之间的关系，真实很重要，委屈其实很难求全，而且不会长久。

素素说：“这下你的身、心、灵都感受到了。”

是的。

盘点三：家庭

我希望能与一个“心灵契合，能共同成长，彼此用生命相爱的人”组建家庭——这是我梦想清单里，一个很重要的单元。

很幸运的是，我遇到了；很难得的是，我也做到了。遇到，那是一种幸运，不保证天长地久的，因为一辈子好长，有好多好多的关卡，即使是两个价值观很相似的人，也必须要有很好的沟通，才可以很好地配合，闯过各色关卡。当然，每闯过去一次，就是一次成长，每一次成长都可以进一步凝结战友情谊。

我对老公小傻说："如果2013真的是我们最困难的一年，如果这样都挺过来了，那么，我们还有什么好怕的呢？"

家里还多了一个新成员，虽然还在肚子里，但他已经和这个家庭有了很深刻的联结……从B超上看，长得很像他老爸，这常常让我忍不住笑出声来。记得多年前写过：如果遇到一个男人，想生个长得像他的孩子，那就嫁给他吧。多年后，我果然嫁了，孩子果然像他。

家，就是有爱的地方；爱，就是家的原动力。

盘点四：友谊

我是一个幸运的人，在我的生命里有那么几个心灵层面的小伙伴，嗯，就是你，和你，还有你……当然也包括我自己！

友谊在我的"梦想版图"里，占据很大的江山，嘿嘿，但我偏偏不愿意多说，因为以后的路还有很长，我们要一直走下去……一切未知，一切都那么美丽！

在这个顶多48分的"灾荒年"结束时，我想由衷地说一声："2013，感谢有你同行！艰难，让我更看清了友谊的纯粹和力量！"

在新年之初，我想对自己说："2014，我来了！"

童年的豆奶

小傻做的豆浆，很甜滑，很有点儿童年的味道。

小时候上幼儿园，在离家不远的十字路口，总会看到一个笑眯眯的老婆婆，坐在晨曦里，面前摆着一个大大的竹背篼，里面有一支支的豆奶，像笋，整整齐齐。好像是5毛钱一支，按当时的物价水平，这是小孩子的奢侈品。

通常情况下，只有爸爸舍得买给我。

我受不了牛奶，闻着都想吐；也喝不惯老酸奶，我觉得它一定是牛奶的近亲，而且是固状的，难以下咽——尽管被各路长辈，围追堵截地逼着喝奶，我直到成年还是死性不改。

那时候也没有豆浆机，于是，老婆婆卖的笋一般的豆奶，成了我的最爱。我总是小心翼翼的，一手托着塑料瓶底，一手捻着瓶口，屏住呼吸，控制好手的力度，近乎虔诚地等老婆婆剪开瓶口，务必保证不漏掉一点儿豆奶——这个方法是爸爸教给我的，年仅几岁的我学得很到位！

现在想想，我爱的不仅仅是豆奶，还有那份被爱的满足：爸爸似乎从不担心我会因为拒绝牛奶而缺少营养，即使有过我未察觉的担心，也从不因为自己的担心而强行将牛奶灌给我，他尊重我的感受和我的身体反应；爸爸也从未表露过我喝豆奶会把他喝穷，在我的面前，他似乎从不担心钱的问题——生平第一对耳环就是爸爸买的，翠绿色，我说我喜欢，成年后才知道，那对耳环用了爸爸当月 1/4 的工资。

一向忧心很重的爸爸，在我的面前，那么勇敢，是因为有爱！

多年以后，卖豆奶的老婆婆离开了人世；再过了几年，笋一样的豆奶也再也看不到了……换成了琳琅满目的其他奶制品，及其铺天盖地的负面新闻。

这有点儿像我们的成长。幼年的我们，好像刚入土的小树苗，需要阳光、雨露，以及各种细心的呵护，我们依赖并享受这样的被给予，茁壮成长；如果得不到这样的照顾，我们心里的那棵小树苗就会受伤，会枯萎，甚至会干涸死掉。需要庆幸和觉察的是：我心底的那棵树苗，没有死掉，而且在爱的滋润里，已经长得很高了，根也扎得很深了，我完全可以自己照顾自己了，自己给予自己爱的阳光、雨露，以及各种细心的呵护。如果看不到自己的“根深叶茂”，又怎会真正地爱自己，又怎会放下对他人之爱的依赖和乞讨？

第一天喝小傻调制的豆浆，人都乐疯了，强烈要求：以后就放这么多豆子，就放这么多糖！有着科学家特质的小傻，谨遵嘱咐，一丝不苟地数着自己今天又该放几勺糖……终于有一天，我发现，成年后的我，喝豆浆早已不放糖，我已经更喜欢食物的本味儿了。

童年的豆奶，一去不复返了，却又似乎从未离开过——或许，从未离开过的，是爸爸的爱，那些“糖”已经化在心里了。

我真傻！以为结婚之后，父母就像泼水一样地把我泼出去了，再回娘家如同待客……我怀疑他们是不是不要我了。今天才明白，真正的爱是可聚可散的。一聚一散间，他们还在那里，而我也因此而成长，根深叶茂，而且自己能够看到，希望自己能够看得更清楚些！

这些文字，同时送给肚子里的孩子，你的爸爸也会做“豆奶”，不知道你喜不喜欢喝。如果喜欢，希望不要贪杯，长大后，在心里记得有那么一杯“童年的豆奶”，然后远走高飞。

我相信那中年男子的微笑，是发自内心的—提提爸妈一视同仁的尊重，让破吉他也有了春天。而我，在这样的尊重和微笑里，才蓦然懂得：即便低到尘埃里，也有一颗干净向上的心，值得感念和尊重。

破吉他也有春天

初春，微凉，暮色渐浓。

提提妈推荐的小饭馆，很有点儿老重庆气质，江湖菜当然合胃口，吃起来就顾不得抬头，跟着我们混江湖的孩子们——干儿子提提和女儿阿湫，都不满2岁，新鲜劲儿正足，自己吃饭，一脸的米粒和专注。

这时，桌边冒出一个中年男子的声音：“要点歌吗？5块钱一首。”正吃在兴头上的我，还没正眼瞧人家便回绝了：“不要。”言辞里没有任何情绪，但心里却有本能的排斥：又是些俗得掉牙的歌吧？

“唱一首吧。”提提妈说，“唱你最喜欢的。”

我心里简直一惊，暗自揣度：“呀？你还有这种嗜好？”

“演出”开始……可是，我真的听不出这中年男人到底唱的啥，咬词不清还跑调——女儿阿湫乐感极强，音乐一响必定自编自舞，但那一刻，她也石化了，完全无法将叔叔的表演和音乐联系起来，放下调羹，傻愣愣地看着。

而提提妈再次让我摸不着头脑，竟然拍手给“歌者”打起拍子来，她那憨乎乎的儿子提提，也极其配合，跟着妈妈一起拍手，还踩着节拍呢，我在完全不知所以的状态下，竟也木然地拍起手来，拍了两下，觉得没对，怯怯地用余光看看附近其他桌的客人，心里嘀咕着："不会有人觉得我太没品，太奇葩了吧？"

"平时没见提提妈有这么重的口味呀？"出于好奇，我停下木然的手，正眼观察中年男子：吉他的面板已经破了，用透明胶小心地贴合着——大约是捡的，他其实也不会弹，拨弄而已；褪色的军外套很薄，已卸了军衔；眼睛明显有疾患，头发也不知是几日没洗了，一缕缕油津津地贴在额前，但他一直微笑着专注于自己的歌声……歌声毕，提提妈开心地鼓掌："你唱得真好！"

提提爸是个极温良的人，从兜里掏出 5 块钱，完全没有任何施舍的架子，平静而礼貌地递给微笑的"歌者"。

待中年男子离去，我小声问："你是想让他有尊严地得到帮助吗？"

"嗯……我欣赏靠自己努力生活的人。"极安静的声音，然后招呼孩子们吃饭，好像什么都没发生……而我，怔住了。

我第一次觉察到，自己是有分别心的。我可以为音乐会上的《南风》落泪，却不能为一个桌边的歌者抬眼。《金刚经》中说：

“无我相，无人相，无众生相，无寿者相。”想起《红楼梦》里有分别心的妙玉，她可能常常在读《金刚经》，但刘姥姥喝过一口的杯子，她都要扔掉，嫌脏。可是，到底什么是真正的干净呢？

我相信那中年男子的微笑，是发自内心的——提提爸妈一视同仁的尊重，让破吉他也有了春天。而我，在这样的尊重和微笑里，才蓦然懂得：即便低到尘埃里，也有一颗干净向上的心，值得感念和尊重。

每个年代都不可能是完美的，但手心有自由的人，一定要时不时地停下匆忙的脚步，学会去对话，哪怕只是一声轻轻的叩问：“究竟是谁‘豢’伏了我们？我们真的只是豢养的受害者吗？我们真的只能是豢养的受害者吗？”

是谁“霾”伏了我们?

重庆也雾霾了，灰沉沉的天，有种无处可逃的感觉。

“妈妈，你看！月亮！”阿湫满脸的认真。

“那不是月亮，是太阳。”我暗自想笑。

阿湫看看我，又看看天，然后斩钉截铁地力挺自己：“妈妈，那不是太阳，是月亮。”

我突然明白了她的意思，五味杂陈，完全笑不出来：孩子们的世界哪里懂什么雾霾?天都暗了，那当然是“月亮”……车窗外，一片盛世的华灯，和“月亮”遥相呼应，在雾霾这欲望的幕布里，显得格外刺眼。是的，看过太多谈雾霾的技术类分析，但归根到底，不管是工业排放，还是冬季取暖，还是汽车尾气，再或者成山的垃圾燃烧，或者传说中的PX项目，或者众说纷纭的体制问题……哪一样与欲望无关?

欲望，本身不是什么坏东西。若没有欲望的驱动，我们可能还在原始人的山洞里，当然，也可能早就断了香火……如此，也没有现在的我，还能穿过解放碑的闹市小巷，和各色喜庆卖力的小摊小贩擦肩而过，去听什么巫娜的古琴音乐会了。

可是，今天的琴声，我真的听不太进去……她弹得很好，技艺了得，但总觉得多了点儿什么东西：现场的音响，是很好的助阵，让每一位听众都不会错过任何的细节，但似乎因此少了一点儿清澈和纯净；巫娜讲故事也不错，她是一个勇敢的女子，一直试图将古琴和其他乐器，甚至爵士、摇滚等西方音乐结合，而且做到了！但此刻，我真的不想听那么多曲折的故事，也不想领略“混搭叠加”的魅力，只想安安静静地听古琴“一个人”浅唱低吟。

是的，有点儿多。

如同我们的购买早已超过了真实的需求，如同我们的消耗早已越过了大自然能承受的警戒……自然界的一切欲望都是有定数的，动物连什么时候发情交配都离不开季节的支配，老天爷唯独对人类开恩，把收发欲望的自由放到了自己的手心。是恩典，也是考验，所以真正懂自由的人，一定懂自律，会和老天爷对话，也会和内心对话，随手翻看《黄帝内经》《道德经》《圆运动的古中医学》等等，无一不是对话的笔录。我不崇古，因为《世说新语》的逸闻里一样物欲横流，较今日有过之而无不及。每个年代都不可能是完美的，但手心有自由的人，一定要时不时地停下匆忙的脚步，学会去对话，哪怕只是一声轻轻的叩问：“究竟是谁‘霾’伏了我们？我们真的只是雾霾的受害者吗？

我们真的只能是雾霾的受害者吗？”

当北方的冬天即便无人开窗也照常供暖时，我们是否知道德国人在节能方面已经到了偏执的地步？当我们羡慕伦敦终于送走了雾霾时，是否看过《小猪佩奇》这部两岁小孩儿都能看懂的英国动画片，是如何引导垃圾分类的？在中国，可能连干湿垃圾分类都做不到，二者混合，最后的结果只能是一起烧掉，然后为漫天的雾霾添丁进口。更有甚者，连抬脚去垃圾桶都不愿意，直接从窗户扔出去才省事，我家阳台斜对面就有一棵奇葩的树，形似圣诞用的松柏，但上面挂的不是礼物，而是各种垃圾，因为在它旁边的高楼上，总有人图方便随时给它挂彩，甚至每天倾倒生活用水数盆，以瀑布之势落地有声，让“圣诞树”喝到想吐！我不恨这个素未谋面的邻居，我甚至有些同情他，他的成长一定没有受过很好的教育，而人离开教育，就会失去觉知，比动物更不如，动物还有老天爷掌舵，人又何去何从呢？再反观我们的教育，让孩子们疏离自然，也疏离内心，将他们圈养在缺少人文滋养的科技里，其实和他，不过是五十步与一百步的距离。

真正的科技一定是美的，和人文水乳交融，所以，我并不反对科技，也不反对工业。实际上，我们的工业水平不是太高，而是太低了，和我们的欲望形成巨大的反差和鸿沟，这鸿沟拿人的生命去填补，是不是太沉重了？有亲历现场的小伙伴告诉我："这段时间，广东的突击检查特别严，所有不符合环保标准的小厂都被勒令关闭且重罚，没有商量，没有余地，甚至有小老板扛不住，直接从楼上跳下去……"我的心里一片唏嘘，但也知道，这是趋势，只希望这样的明察暗访，是顺势而为，而不是趁火打劫，否则不但解决不了问题，反而是新一轮人间惨剧的开始……

巫娜的琴声，逐渐把我的思绪拉回来，但我仍然坐不住，今天心里恐怕塞了太多的雾霾，需要透口气，干干净净的一口气。偷偷溜出音乐厅，竟偶遇秋。她已是两个孩子的妈妈，岁月在她脸上不着痕迹，反而生出了精致。

"现在环境实在太糟糕了，孩子们怎么办？我们花了很多努力，在专业上不断验证，也终于得到政府的支持，准备把环保酵素推向市场，让更多的人了解和使用，希望为净化环境出一份力。环保，确实需要大家一起身体力行。"此时的秋，和阿湫说"月亮"的时候，一样的认真而且坚决。

来不及细谈，但那天晚上，我失眠了。我并不清楚环保酵素是什么，但我知道她是一个妈妈，而且早已衣食无忧，若是为了钱，大可不必如此折腾——我也创业，我知道这有多折腾，尤其是当你还要摸着良心去做点儿实事儿的时候。其实不图什么，因为我们终有一天要离去，但孩子们的生活还会继续，种种“努力”，不过是一个妈妈为了安心。走笔于此，我竟隐隐有些害怕，怕人说我借题发挥，实为广告……停顿片刻，我还是决定继续写下去，如果雾霾很脏，那我们更要有一颗干净的心，凡事但求无愧于心。秋的那份“认真和坚决”，以及她口中“政府的支持”，都让我感受到了某种“希望”—— 我们的命运，与当下的每一个起心动念都是息息相关的，当雾霾来了的时候，除了买买买，买口罩，买净化器，我们还能做点什么？当雾霾走了，摘掉了口罩，停下了抱怨，我们还能记得什么？

兹以此文，提醒自己，不要忘记。

追逐梦想的路上，办法总比困难多！有梦，就去实现，把它夯实了！

“山鬼”的绣花针

孟隆引——我从来记不好她的尊姓大名，倒是“山鬼”这个别号生动贴切，过耳不忘。

若干年前，“山鬼”在洪崖洞民俗风貌区有一间小店，专卖各种民族服饰，而且很多是她亲手定制的。我当然喜欢，一面欣喜而好奇地试弄各色物件，一面和她聊天。我喜欢和她聊天，“山鬼”的针脚很细，但聊起天来却是一派江湖气，她从来不嫌我聊的天比买的衣服多——她懂生意，但隐隐觉得，她的心里不只是生意。后来，“山鬼”时不时地会在我的空间留言，回应我写的各种短文——从来没被人这么“猛烈”地表扬过，我有点儿不好意思，再后来发现，那些慷慨真挚的留言，某种程度上，与我无关，那是“山鬼”在和自己对话，和自己握手言欢。

若干年后，“山鬼”已经是蜀绣重庆市级非遗传承人。她请我到她的工作室喝茶，半山上，古色幽静的园子里，满屋都铺装了松木，山林的味道扑面而来，外界的纷扰层层褪去……

“我喜欢这味道，这里算是我的理想之地。”

任何人，喜欢或是不喜欢某种味道，总是有原因的——有的自己知道，有的埋在记忆深处，以为自己忘了而已。

“为什么叫自己‘山鬼’？”这么多年来，我第一次问她这个问题。

“很多人都问过，我怕别人说我没文化，才暗自查了，晓得屈原的《九歌》里，也有一个叫‘山鬼’的角色。”笑作一团，似乎所有的“端着”在她面前都能碎成一地……松木的味道忽隐忽现，清新、平和，带着宁静致远的底气。我突然感受到：这满屋的松木，何尝不照应着“山鬼”心里的“山林”？山里的一草一木，都是她一针一线绣出来的，在这片山林里，她安静、愉悦、心无庞杂，她成就了山，山也成全了她。

“山鬼”和刺绣着实有缘，幼时家里有个绣工了得的姨婆，10岁那年，“山鬼”便拿起了绣花针，和自己的天赋相遇。

“小时候，跟小伙伴们玩着玩着，会突然转身回屋绣东西去了……现在也这毛病，还好朋友们能接受。”

“那是因为，你很有界限感吧，如果刺绣是你的山，那么，你始终知道自己的山在哪里。你并不是一个和外界完全对抗或者断了联系的人，就像工作室山下的菜市场，熙来攘往，你每天都穿行而过，可能顺便还买两把菜，没什么不好，和小伙伴们玩起来你怕是最疯，你和外面的世界是和解的，但你还有自己的山，在你内心需要的时候，你会回山里来，拿起绣花针，那是另外一种玩儿法，你很享受。”

“嗯，你把我理顺了，来，喝茶！”又是一阵爽朗的笑声。

“山鬼”很幸运，父母很开明，只要不伤着手，爱咋绣咋绣。

“你父母也没拦着你，有那闲工夫，还不去上个奥数，学个英语，弹个钢琴，谋定一下前程？”我打趣道。

“哎哟，那不学成神经病了？”

“山鬼”的父母，也没想把“刺绣”当饭吃，只当孩子玩玩儿，一切都是自然生长，但生命终究会长成它本来的样子。

其实“吃饭”的事情，“山鬼”也想过。跟姨婆学了 9 年，直到姨婆去世。此后，“山鬼”把自己埋起来，到职场谋了份“正经事”，收入颇丰，从来不提自己会刺绣也爱刺绣……偶然一次，工作中要动点儿针线，补个东西，“山鬼”还故意缝得东倒西歪，“怕领导有想法，说我不务正业呗！”

一晃 6 年过去了，“山鬼”心里有点儿空。

辞职。

四平八稳的生活，成了幻影，如同它本来的样子。2000 年初，“山鬼”找到当年跟姨婆同一个绣厂的胡大妈，正式开始了学徒工生涯，和“正经事”的收入比起来，当然有差距，但是心里踏实。一晃3年过去了，“山鬼”逐渐有了心得，并开始有了自己的第一单定制，“得了1600元的报酬，那应该算是工作室的雏形。”

对于生活，“山鬼”很容易满足；但对于艺术，她是个“眼高手低”的人，永远把眼光放在更高更有价值的精进上，而同时又能够扎扎实实地放手去实践，哪怕是从零开始的低点，也不退缩不含糊。接下来的10多年，她遍访巴渝两地名师，终于熟练掌握双面异型异色绣、双面立体绣等各种蜀绣绝技，各种荣誉纷至沓来，各种博览会拿奖拿到手软……

但如果不是我执意问“山鬼”，她甚至都懒得把那些奖项秀给我看。对她而言，那不过是山外面的世界，她感恩大家的认可，但从不流连深陷，随时可以从尘世转身，然后安住在“刺绣”的山里，安静、专注，还有些“鬼头鬼脑”—— 她当然知道屈原的《九歌》里面，还有一个“山神”，但是封神，跟拿奖一样，似乎一切都尘埃落定，那不是她的追求，也不是她的乐趣。她的乐趣还在“山”里，在那一根绣花针上，她一直在探索蜀绣的新思路：独创了素描绣，其作品《达·芬奇自画像》已被北京文广新局收藏；之后，又大胆地将蜀绣技艺与唐卡制作结合起来，这其实很难，因为唐卡的色彩选配和蜀绣的丝线色泽，实在是很不一样。“山鬼”反复调试，居然成功了，单面绣《白度母》获第八届中国（重庆）工艺品、旅游商品及家居用品交易会金奖，并且好多藏传佛教信徒也彻底服气，完全认可！

慢慢地，她的“鬼”气，以及面对艺术的那份纯粹和快乐，感染了越来越多的艺术家，纷纷将自己原创的绘画作品、摄影作品、雕刻作品等版权，独家授权于她，用于创作新的蜀绣作品。

“你会一辈子绣下去吗？”

“肯定啊！”干脆利落的声音仿佛是从心底迸发出来的。

蜀绣国家级非遗传承人郝淑萍老师，招收弟子极其慎重，甚至挑剔，“山鬼”没有铺陈渲染她是如何获取老师的青睐的，她只是很开心很憧憬，终于可以更上一层楼，学习领悟更多美学视角和新妙技法……那一刻，她像一个孩子。

“山鬼”有一儿一女两个孩子，儿子已经10岁，逐渐在雕刻艺术方面有自己的偏好和想法。“山鬼”看得见，而且完全传承了自己父母当年的开明——也许，如此长大的生命，也会有更早的觉醒，更深刻的个性，以及与这个世界更多的和谐共处吧。

“妈妈，我以后想去欧洲游学，从文艺复兴的发源地意大利开始，一个国家待半年吧。”

“你还是一个国家至少待一年哟，时间短了，学不扎实。”

这就是“山鬼”和儿子间的对话，她并没有富裕得完全不计成本，但她在无形中给儿子传递了一种生命力：追逐梦想的路上，办法总比困难多！有梦，就去实现，把它夯实了！

“山鬼”也有一个梦，希望有朝一日搭建一个专属于刺绣爱好者的平台，“现在很多人找不到喜欢和信任的绣品，但同时又有很多刺绣爱好者找不到平台和组织，我觉得这是个实事儿，可以做！”

这需要时间。

时间究竟是什么？精通玛雅历法的晨子跟我聊过：传说中的2012年世界末日，不过是上一个玛雅历法周期的结束，在此之前，遵循“时间是金钱”的法则，在此之后，开始“时间是艺术”的新旅程，勇敢地做你自己喜欢的事情，挣钱不过是水到渠成、顺便的事情。

和“山鬼”聊完，居然已过了午饭的时间，松木的味道，淡淡的，还在；我们去山下吃饭，尘世间各种热闹，没什么不好，因为，山，也还在。

“内观”如是观

——我的第一次内观10日课程实录

我知道“内观”这回事，大概在10年前——闺密素素，刚刚从葛印卡老师的内观10日课程返回，她含着认真而清澈的眼泪跟我讲她的体验和收获。那时的我还很混沌，听不出究竟，缠着她学了其中最基本的“观息法”：试着盘腿而坐，闭上眼睛观察自己的呼吸。但第一次独自练习，就出了“状况”，我发现似乎有另一个自己悬浮在半空，俯视自己正闭目盘腿的肉身，顿时吓了一激灵，迅速睁开眼睛，确定自己还完好无损地活着，才舒了一口气。

“我再不要内观了。”这是当时的潜台词，而后每次再看到素素打坐，我都会在心里笑：“屁股坐痛了没有？人生苦短，及时行乐，花时间傻坐，你是想不通吗？”

10年后的今天，当我因为各种机缘，完整而系统地上完内观10日课程之后，我发现自己才是那个“想不通”的人：释迦牟尼是个真正有大智慧的人，也是一个了不起的教育家，他发现了内观这种修行的方式，本身并不玄乎，也不装神弄鬼，他只是看见和分享了这个世界的本来面目——和现代量子力学的研究结果不谋而合；他也看到了人心这匹野马，他知道通过内观可以驯服这匹野马，让我们带着觉知力和平等心，真正地与自己和谐相处，从而与众生及这个世界和谐相处。

如果我早一点儿系统学习，人生可能要少走很多弯路。但我仍然感激那些曾经因为潜意识的不纯净，而走过的弯路，它们在课程中，成为最鲜活的例证，让我看到曾经的自己是多么的自我，多么的任随情绪的乱流奔东走西，多么的无知和痛苦……今天，写下这些文字，既是给过去的自己告别，也是希望有更多的人能知道有内观这样的方式，可以真正而彻底地解放自己和你爱的人。

在此，我不对内观的具体方法做论述，因为那需要系统的学习和实践才有体悟，不是我在文中的三言两语能搞定的；而内观中心的老师，也都需要经过长期严格的培训和修行，取得认证后才能教授学生。我只是从一个学生的角度，谈谈我的体验。

远离尘嚣的内观中心

全世界很多国家和地区都设有内观中心（有专门的内观报名网可以查询，网页信息很详尽，包括课程时间及报名时间都非常清楚），中国、印度、缅甸、英国、德国……大多选在山清水秀，远离尘嚣的地方。

我这次去的是四川都江堰般若寺内观中心，青城山附近。即便有导航引领，专车司机也不相信去般若寺必须驶入旁边那条不起眼的山野岔道，错过了，又折回来，带着怀疑、犹豫、忐忑、好奇驾车而入。但进去之后别有洞天，居然有如此安静的农家，不仅种菜，也养花，在农舍的墙面上正爬满了盛放的绕藤蔷薇，让人的心情也灿烂起来。这过程跟大多数人修行内观一样，先是看不见路，或是因为不相信而错过了路，兜了很多圈子，终于上了路……发现各种意想不到的美好，也有人走到中心门口还打退堂鼓的，还有人上了几天课就逃跑的，诚实地说，我也想过逃跑，但回头想想，越是内心翻腾想要放弃的时候，越是故事高潮要来的时候，我感谢自己这一次终于耐住了性子，因为我发现：内观之路，越深入越美好。

按课程规定，我们每天清晨 4 点就起床了，洗漱完毕就去禅堂开始一天的功课。如果天晴，你可以在露台上看到那时的月亮，不如夜晚的月亮那么有烟火气，也不像太阳升起后的月亮那么微弱，它在漆黑的天幕里，发出安静而干净的光芒，陪伴它的有无数或明或暗的星星，还有地上像我一样仰望星空的孩子。那一刻，突然觉得，我和它们没有什么两样，都在自己的角色里振动、燃烧、散发光芒……无论白天还是黑夜，无论别人看得见，或是看不见。

如果下雨，在禅堂静坐的时候，会听到雨声落在屋顶，落在后山的树叶上。和我一同参加内观学习的小姨问："大自然的月光和雨声如此纯净，是否与内观的沐浴净化内心有相通的特质？"

是，也不是。

在回程的动车上，我一边内观一边亲身体验到：这个世界并没有真正的实体，都是各种次元粒子在按不同的频率振动而已，有的是高频，比如清晨的月光和般若寺的雨声；有的是低频，比如动车上分贝过量的广播，但本质上没有区别。对于一个初学者而言，远离尘嚣的地方，受到其他纷杂频率的干扰更少，这是内观中心对学员的保护，让学员可以更快地从外在的纷扰中回到自己的内在，去感受身体的实相。我开玩笑说，如果是释迦牟尼，即便是在人声鼎沸的菜市场，也可以静坐内观，因为他已经有很好的觉知力和完全的平等心，而当人有平等心的时候，既不会贪爱月亮，也不会嗔恨市井。

分文不取的“法”布施

世界上最宝贵的东西都是免费的，比如空气；释迦牟尼传授的内观修行方法，也一样，无价。

葛印卡老师最开始设立内观中心时，课程免费，但食宿要收费，后来他发现这是错误的。因为一旦收费，人的自我就冒出来了，“我付了钱的，所以，这是我的、我的、我的……”然后就有各种评判、喜好、情绪，这不利于初学者的学习和体悟。于是，这个勇敢而慈悲的老人家，竟定下了内观学习全免费的规定，并且一直持续到现在。

内观中心的建设和营运经费全部来自旧生的捐献，而且只有完整上过10日课程的学员才可以捐献，因为捐献并非是彰显自我的方式，而是确实因为课程受益，想要用这样的布施，让更多的众生得到分享。中心也并没有像人们当初担心的那样，因为经费问题关门大吉，而是如雨后春笋一样，开始遍布全世界。葛印卡老师已经去世，但内观中心却一直活着，并且让越来越多的人，学到活着的艺术。

每个内观中心的条件都不太一样，般若寺内观中心，奢华是谈不上的，甚至还稍显简陋，但仔细想来，又什么都不缺，法工们甚至连卫生巾、针线盒都准备了的，安安静静地放在那里，按需取用就是，在这个过程中，我发现自己真正需要的东西其实很少很少，只是欲望蒙蔽了眼睛，让我误以为自己总是有那么多的短缺还需要去填补。

在此，我也发自内心地感谢所有服务过我的法工：我记得10天的素食，干净健康，而且几乎不重样；我记得每次突然下雨，你们都会默默地帮我们把露台上晾晒的衣服收到雨棚下，让我们不用因为这样的小事分心焦虑；我记得你们如此用心地清洗每一颗水果，甚至连香蕉的皮都用热水洗过……只有完整上过10日内观课程的学员才可以申请做法工，你们就是最好的“过来人”，让我看到一个人放下自我是多么美。

在结束课程的那一天，所有学员要分组分工打扫内观中心，我这一组负责厨房。我看到所有人，都如此专心：洗干净、理整齐……就这么简单，当内心没有繁杂的时候，真是效率超高。如果是以前，我可不愿意做这样的事情，我有高低贵贱的分别心，不在意识层面，在潜意识里，而这样的分别心第一个伤害的一定是我自己——如果不是这次内观，我大概很难承认自己的分别心，当然也就很难知道自己因此经历了多少的曲折苦痛。而现在，我在厨房安心做着自己份内的工作，和大家一样，为下一届的学员打造一个美好的环境，内心如此喜悦。

我也想过逃跑

前面 4 天都很顺利，我甚至有点儿享受这样的生活：没有家务，没有工作，没有孩子的屎尿屁，也没有闲话的家长里短……只是内观、吃饭、睡觉、洗漱、上厕所、晒太阳，生活很规律。我个人并不觉得过午不食，或者 4 点起床是多大的挑战，自己感觉内观能够补充能量，而且很明显，所以不困也不饿。

但在第 5 天，挑战来了。

我发现小姨身边老是有人咳嗽，而我并不知道那位师姐只是咽炎，而非感冒——因为禁语，我既不能跟小姨沟通，也不能和师姐商量，于是各种瞎操心开始了。我跟事务长和老师闹着要把我自己的位置换给小姨。什么？不换！我想要离开这个地方，越快越好！我的情绪在火力升级！

但慢慢地，在老师的陪伴下，我发现这个事情只是一个由头，让我有机会窥见背后太多太深的伤痛、恐惧、无力……那些天，几乎没有办法静心内观，心像一个疯子，总是从对身体的观察跳开，回到某一个似乎毫不关联的过去，那些我以为已经忘记的人和事，像电影一样如此清晰地重放，我提醒自己回来继续观察身体，但没多久，又会神游出去。出去、回来、出去、回来……回忆像碎片一样，但碎片越累越多，最后拼成一张完整的地图，我才突然看到：有一条生命的暗河，看不见，却在不知不觉中左右着我的选择和轨迹，所以原本一个很不起眼的小事，但因为当时没有能力去面对和处理内心的感受，我的意识被污染，最后连潜意识也被污染，那颗无名的种子，越长越大，沿着暗河长成森林。

我终于泣不成声

这是我第一次如此清晰地看到那条暗河，以及沿河两岸的森林，我看到自己的行为模式，以及模式背后更深层的心理动因。那一刻，我原谅了所有无意或有意在身体、言语或心意上伤害过我的人，也请求所有被我伤害过的人的原谅，因为我们都不知道自己在过往的长廊里其实做了什么。但同时，我感到无比的虚弱，好像看到过去的自己正在死去，但新的自己还没有长成，如同心被挖去了一块腐肉，但新肉还没有长好。

我瘫软在宿舍床上，爬不起来，耳鸣，心慌，难受至极。事务长来了，轻轻掀开床帘，请我继续去禅堂听新的方法指导，表情关切而坚定。我两眼发黑地撑起来，都不知道自己是怎么走到禅堂的，然后一屁股坐在自己的位置上，课程内容完全听不进去。

“今天的方法指导已经结束，你要实在不舒服，就回去休息吧，我帮你约了今天中午和老师面谈。”一直面色严肃地维持戒律的事务长，在那一刻竟满脸慈悲。

我突然觉察到，事务长的严肃执法，是因为内在的慈悲，并不是要显摆自我，更不是要跟我过不去……好吧，当我在逐渐放下自我的时候，这个世界有了不一样的面目；好吧，就让我来跟过去做一个了断，休息解决不了问题，我决定留在禅堂内观。

新的自己还没有长成，没关系，接受这个现实，然后，索性哀悼一下过去的、正在死去的自己——这个念头顿时让我泪流满面、泣不成声。我开始观察我的眼泪，我的哽咽，我的心慌……情绪和身体，是一体两面，任何的情绪，都会在身体上有反应，我们惯常的做法是或忽略，或压抑，或放任自己的情绪，这些统统都会被身体记录下来。但当你开始观察自己的身体反应时，情绪也就有机会被看见——跟世间万物一样，有生有灭，情绪会来，也会走，我看着它来，也看着它走，不贪爱，不嗔恨。慢慢地，我变得平静。

这次内观尾声，广播里依然会传来葛印卡老师的唱诵，最开始我很不了然这样的唱诵："什么声音？有气无力，要断气的感觉呢。"但那一天，这唱诵让我无比感动，葛印卡老师仿佛隔空在跟我说："你可以的，你可以的，我也是这样走过来的。"这是最入心，也是最有力量的鼓励，我看到那个全新的、还很弱小的自己，正在慢慢长大。

无力，或有力，都是内心的映射而已。内观是要教人学会生活的艺术，但它给了我另外一个副产品：痛了 10 年的膝盖，竟然不痛了，我最严重的时候，总觉得要是没有人扶，就不能好好走路……我想，我从此可以好好走路了，走自己的路。

如是观察而非迷信

我以前觉得释迦牟尼不过是宗教故事里的角色，编的，懒得看。今天才知道，他是一个真实存在过的“人”。

内观只是一个修行方法，在长久失传之后，2500 多年前被释迦牟尼重新发现。它是透过如实观察自身的本来面目，感受身和心不断变化的特性，体验无常，提升觉知力和平等心，从而净化身心的一个过程，与宗教毫无关系，也毫无抵触。如果可以隔空对话，释迦牟尼一定不反对你相信耶稣，他可能会说：如果你相信耶稣，最好的供奉就是学习并践行耶稣身上好的特质，比如爱，比如慈悲。

到课程第 10 天，我才知道所有的老师、事务长、事务长助理、法工都没有收取任何的酬劳，他们跟我们一样，从天南地北聚集在这里，每天 4 点起床，9:30 结束课程回寝室，10 天之后，又飞回自己的城市。老师说：“跟你们一样，我们也是来修行的。”

修行并不是很装的词，这 10 天的课程让我体会到，它就是让人在实际行动中去尝试、去验证听闻到的方法和智慧，实践出真知嘛，如果觉得很受益，就坚持做下去，如此而已。

最后一次在禅堂上内观课程时，我心里有一个声音：如果老天给了我一支笔，让我可以去自由地表达，那么，我一定要用它去传播正法，让更多的人受益。我只是一个通道，宇宙的智慧，经由我手里的笔传递出去，如果我沉浸在个人赞誉里，“嘿，你的文笔还不错哟！”那么，这支笔就毫无意义。

这个声音很清晰，与此同时，虽然闭着眼睛，我却突然看到释迦牟尼的像，闪着金光，一个睡卧着，一个站立着。我俯下身去，感谢他如此智慧，又如此慈悲，让2500多年后的我能在沉睡中被唤醒，眼泪止不住流出来，认真而清澈，跟10年前的素素一样。

后记

在禅堂上，最老的新生，有70多岁了，我觉得自己很幸运，可以在30多岁的时候学习到内观。有人说，10天太长了，我曾经也这样想过。但当我亲身体验后，真心觉得：人生那么长，每个人都值得腾出10天去内观一次。

现在针对8岁以上的小孩子，也有了内观课程，不会像成人课程那么长，好像1~3天的学习都有。8岁就有机会接触正法，去训练自己的心力，让自己少一些杂染，多一些纯净，是多么的幸运和幸福。

作为一个芳疗师，会不会因为内观之后，而全然放弃精油？我正在思考这个问题，目前应该不会。我知道自己还只是在路上，并没有像释迦牟尼一样修得很好的觉知力和完全的平等心，世俗的各种纷扰，还是会或深或浅地辐射到我。我知道，纷扰本身不是问题，就像月亮和市井本质上没有区别，但接纳自己的状态，在需要的时候，还是会用精油——植物的高频能量，像盾牌一样保护自己。这好像打坐的时候，心里要明白，身体反应也是无常的，如果有平等心，那些所谓的“不舒服”，其实也有升有灭，但如果屁股坐痛了，脚坐麻了，实在受不了的时候，也可以换换姿势，不要去压抑和对抗那种感受，又不是来练屁股练腿的。只是每天早晚一定会卸下所有的盾牌，内观，让内在浮现，并且得到清理。

一个和我同寝室、同姓氏的女孩儿，8年前因为车祸失去了左臂，这次内观不停地在禅堂里打嗝，完全忍不住，她有些忐忑，怕打扰大家，老师微笑着说："没关系。"直到内观结束，她的打嗝才基本告一段落："我终于把我压抑的痛，都释放出来了。"临行前，细雨蒙蒙，她去帮我借伞，我看着她举着借来的伞，欢欢喜喜地朝我奔过来，好像手里拿的不是伞，而是一千朵玫瑰……我既为这个坚韧的生命感动，也为她的释放由衷高兴。

喜色鱼行，大概有了更深的祝愿，愿我欢喜，愿众生欢喜。

所以，除了安心做自己，其实没有太多正经事，人生总会有起伏，人世总会有冷暖，由它去。

后记

给小姨的情书

我一直觉得写东西，是很私人的事情，是自我对话的方式，任随意识流到这里或者那里，所以，从前有很多文字并不发表，锁在电脑里。

近段时间，开了个人公众号“喜色鱼行”，时不时爱写点儿东西放上去，有老友隔空打笑：“重返文坛了吗？最近活跃得很呢！”她不知道，我暗地里一直比较活跃，那是我生活方式的一部分，而近来发表不断，有个看似不相关的原因：我的小姨生病了……而小姨说过一句话：“每次治疗特别难受的时候，如果看到你的文字，就会舒服一些。”

我想让她舒服一些。

《喜色鱼行》是我的第一本散文随笔，和小姨的《琴·境》以姊妹篇的形式，一起出版发行。某种意义上，它是我写给小姨的“情书”——是的，我们大多数人都写过情书，也都说过“我爱你”，但其实很少写给自己的父母，或说给成长过程中与爱情无关却无比重要的人，这大概是文化习惯使然，但爱，一直都在那里，总有一些你认为可能适宜的方式，去释放这样的爱，趁还有时间。

书里收录了一些旧文，但更多的新文，是我在清晨天不亮，女儿熟睡的时候摸起来写的，我喜欢早上“连狗都没醒”的时光，安静、私密，完全属于自己……我用这样的方式，陪伴自己，也陪伴病中的小姨，让她放心我并没有因为忙碌而荒腔走板，我仍然有散步的心情。

多年前，我给自己的 QQ 取名为“散步的鱼”，所以，朋友们也爱叫我小鱼；多年后的今天，我大概已没有了散步的节奏，天亮了，家人陆续醒来，一天的奔忙拉开序幕：我笑自己是“既要劈柴、喂马；又要洗衣、做饭、还带娃”，后者是真实家庭生活的素描，而前者是隐喻，因为我还有梦想，要终其一生地将芳香疗法学下去，要生产“让中国妈妈放心的食品级精油皂”——初创的公司，像蹒跚学步的孩子，需要各种协调和推进……

某种意义上，我感谢每一个天不亮的清晨，让我在爱小姨的同时，也滋养了自己，不会因为匆忙而变得麻木和坚硬，让我即便是送孩子上幼儿园，在那条走过千百遍的路上，也会感受到沿路湖中的阳光，树上飘来的杏花，和草丛里嬉戏的画眉……我怀揣内在的喜悦，行走于人生的江湖，但我不执着于喜悦，也不执着于悲伤……小姨生病，让我渐渐懂得：春夏秋冬是寻常，人也一样。

想起某个阳光灿烂的下午，女儿阿湫闹着要坐轻轨，我陪她走上的那节车厢，可谓“活现人间”：有给我让座的，有吵架斗嘴的，有红脸打架的，也有腾出空间避免我和孩子误伤的，还有挤在门口下不了车，得坐到下一站再折回来的……阿湫既不笑，也不哭，眼神淡然地看着眼前的一幕又一幕，那神情惹得邻近的年轻阿姨凑过来逗她：“小朋友，你怎么那么淡定呀？”顺道也和我搭上话：“哎，我们也是看惯了，每天坐轻轨，都会遇到这些事儿。”轻描淡写，她身上青春而美好的气场，像春风一样安抚了我忐忑的心。

一个是孩子的眼睛，因为没有预设的期待或限制，所以淡定；一个是看惯了的眼睛，因为习以为常，所以处变不惊。倘若我有她们那样的“眼睛”，多一些纯净和底气，少一些起心和动念，也许，我可以有更多的力气，安心做我自己……水满则溢，人只有成全了自己，才可能更自然而然地，更周到妥帖地帮助别人。

所以，除了安心做自己，其实没有太多正经事，人生总会有起伏，人世总会有冷暖，由它去。在起伏冷暖的过往，我感谢有小姨这样一个人，如此善待我，我记得她教我写日记，记得她送我很多很多的书，也送我这辈子都穿不完的衣服……她说：“书不嫌多；衣服拿去穿，人生有几个 18 岁？！”

我早已不是 18 岁的小姑娘，小姨也逃不开岁月的流淌……那么，我们都不逃，看它起伏冷暖，看它静静流淌，如果能安心做自己，能尽情地去爱，当下就是最美好的时光。

“情书”也不嫌多，我会继续写下去的。

寄往天堂的情书

只是想和你聊聊家常。

从我出生，我们在一起30多年了；你走了，留我在原地，像一场戛然而止的恋爱，说不难过，那是假的。

你走得那么快，是不是怕劳烦我们？你总是很周到，但这一次，是在用生命践行“周到”啊！

当初邀你来我家休养，既是哄你的台词，也是心底的真话：“我们之间可没有代沟，你来，我的生活质量反而提高。我更有兴致买各种植物回家，用精油拖地再不嫌贵，我们可以一起去做瑜伽、艾灸……你还可以和漆园子老师相约金山公园，一起打八段锦。再说了，你来，我妈肯定屁颠屁颠地跟过来当炊事员。这样，她不用每天清晨往你家赶，一并住这里；二来，有人分担，我也能腾点儿时间，多陪陪你和阿湫。”

“妈妈过来了，你爸爸怎么办？”你永远都先考虑别人，即便是身体已经非常难受的时候。

“这你不用担心，我爸朋友多，这两天已经出发去贵州，美其名曰考察避暑胜地。”你不知道，其实爸爸专门打了电话，哽咽着让我照顾好你，他说，你是家里最好的人。

如此这般，你才同意搬过来住，从最开始一周住三天，到最后两周的长住，我真的没嫌麻烦过。这个过程中，我真切地感受到“孝顺”和“法律”一样，都是底线而已；而如果成长的过程中，与长辈累积了太多太深的情感，“孝顺”就不再是一个需要他人来要求的底线，而是一种不由自主的表达。谢谢你，让我有机会去表达。

此时此刻，坐在院馆里，写下这些文字，想起我和你曾经就坐在这里，一起闻香。你很惊讶：为什么九种植物香气，可以让你在脑海里产生完全不同的画面？你甚至看到了你的童年：婴儿，放在箩兜里，下面垫个痰盂，藏在车间不起眼的角落。外婆当年也身不由己，忙得很，工作间歇偷偷过来，急冲冲地给你喂完饭，又走了……你是外婆口里最好带的孩子。厂里上上下下甚至没有人知道那个角落里，还藏着一个孩子。

一向阳光的你，一面闻香，一面口述，那一刻竟然哭了。

婴儿时候的你，肯定也哭泣过，呼唤过，但是没有回应，慢慢地，你大概自己也觉得自己的感受没有那么重要了吧……对于一个婴儿来说，被人看见是多么重要的事情啊，那足以安抚对死亡的恐惧。

如果我没有误会，在你日后的生命模式里：你是希望被看见的，所以那么努力，赴河北承德领取“冰心散文奖”时，尽管已备受化疗摧残，但你仍然笑得端庄美丽；你是忽略自己感受的，所以从来不知道累，但那不过是大脑在骗人，身体却把账都一笔一笔记在那里；你是害怕“没有回应”的，所以身边的人“不在同一频道”会格外让你受伤；你也是最坚持将心比心的，所以，只要有人需要帮忙，你一定及时回应、两肋插刀，被朋友们笑称“侠女成琳”；而如果别人哪怕帮了半点儿忙，你都感恩于心，在内观中心的最后那个晚上，语禁解除后，你竟然跪在禅堂上，挨个感谢所有的工作人员，每个人做了什么事，如何打动了你，你都如数家珍；但你终究不爱麻烦别人，你习惯了做一个“最好带的孩子”……即便最后的日子，肝区肿大，半躺着肯定比坐着舒服，你还是撑起来想试试能不能坐着自己吃饭，最后满脸愧疚地躺下来，接受喂饭。

“小时候没人照顾你，现在积了一辈子福，有人陪伴照顾，是不是可以弥补一下童年的遗憾？”我一边擦去你嘴角的汤汁，一边笑着问。

那一刻，你笑了，点点头，额上拧着的眉毛，舒展开来……

我们都没想到，病情发展得那么快，拿到检查结果的那一刻，虽然心里打了预防针，但还是有点儿懵，医生说："最多半个月！"我泪如雨下。

你恐怕心里有感觉的，并且一如既往地不愿劳烦人，用微弱的力气，要拔掉身上的插管……所以，没等半个月，只一天，你就走了。

风水先生说，头七的那天晚上，你会回来，我们都得回避，不能惊扰。我想，你若回来，一定会来我家……于是，我带着全家老小上了仙女山，连那条老狗也牵走了，它叫起来声音大得很，莫吓着你。

当我下山回来，推开你生病时常住的那间卧室房门时，竟闻到一股熟悉的香气，那是你身上曾有的香气，我记得你的衣柜里也有这样的淡香，很特别，不是香水，也不是洗衣粉的余味……但生病这两年，这香气越来越弱，最后完全消失。今天它又回来了，这是不是你给的信号，告诉我，你真的回来过？

听说，身上有香气的人，上辈子是天道的。那你是否真像他们说的，又回去做了仙女？我在仙女山喊你的时候，你听不听得见？或许，你还听得见，只是我这样的凡胎再也听不到你，而已。

你说，等你好些了，就和我一起看《冈仁波齐》……那你现在是不是好些了？他们把你身体火化后的那个下午，我去了电影院。这个电影果然很卖座，几乎满场，只有我身边的座位空着，那是你，对不对？零食、饮料，我都买的双份，这一次，我请你。

你说说看，人到底有没有灵魂？

我想，人如果没有灵魂，就不能称其为人了。只是人很奇怪，往往在一个人走了之后，才会虔诚地去聆听他或她的灵魂。如果活着的时候，能多一些这样的聆听，那多美……即便别人听不见或听不懂，自己听一听，也是好的。

灵魂，大概是一种能量。那你有没有听说过量子纠缠？你是一个开放的人，如果有兴趣，给你说一个神奇的研究。法国物理学家艾伦·爱斯派克特和他的小组完成了一项实验，证明了微观粒子之中存在着一种叫作“量子纠缠”的关系。在量子力学中，有共同来源的两个微观粒子，不管被分开多远，都一直保持着纠缠关系。对一个粒子搅动，另一个粒子立即就知道了。这就是为什么至亲的人身陷不测，我们有时候会有心灵感应。心灵，可不是普通的能量频率，它是量子能量，也许，连生死也隔不断。我们在一起那么多年，大概早已“纠缠”至深，你中有我，我中有你吧。记得有一次你去艾灸，我练完瑜伽刚好下来接你，你说：“衣服汗湿了，不敢走，怕敞风。”

“不怕，穿我的！”

可我的是一身裙子，脱了就没有下装，你肯定注意到了，执意不换。

“我这裙子，本来就是你送我的，你自己穿过的裙子，有什么不好意思穿！你的衣服比较长，说换就换！换好回家，我赶着去接阿湫放学！”这样你才不再推辞。

我光着两条腿，一面扣衣服，一面自嘲：“很性感嘛！”你在一旁爽朗地笑出声来。如果没有记错，那是你这辈子最后一次开怀大笑，以后便再也没有这般力气。

想起这些深深浅浅的“纠缠”，我觉得挺幸福的，有情有味才算真的活过。

而“纠缠”不是为了执着，是要续写美好。你的那把琴，我会继续弹下去，你在“玄默空间”最后给大家上的那期古琴课，我没有参加，更深的原因是我一听你讲《阳关三叠》，就会忍不住落泪，那时候，我有离别的预感，却还没有做好分别的准备，但这一天真的来了，我也接受；你的那支笔，我会接过来继续写下去，要写得你那么好，怕还很需要些时间，但“活过、爱过、写过”，前两者才是重点，我想我做得到的。

写到这里，我感觉到你在微笑……那么，我也不要哭。